经典作家如是说系列

经典作家谈

命与命运

刘文荣 主编

文匯出版社

图书在版编目(CIP)数据

经典作家谈命与命运 / 刘文荣主编. —上海: 文汇出版社, 2016.6
ISBN 978-7-5496-1760-9

I. ①经… II. ①刘… III. ①散文集—世界 IV. ①I16

中国版本图书馆 CIP 数据核字(2016)第 117959 号

经典作家谈命与命运

主　　编 / 刘文荣

责任编辑 / 陈今夫
封面装帧 / 陆震伟

出版发行 / 文匯出版社
　　　　　上海市威海路 755 号
　　　　　(邮政编码 200041)
经　　销 / 全国新华书店
排　　版 / 南京展望文化发展有限公司
印刷装订 / 江苏省启东市人民印刷有限公司
版　　次 / 2016 年 6 月第 1 版
印　　次 / 2016 年 6 月第 1 次印刷
开　　本 / 890 × 1240　1/32
字　　数 / 135 千字
印　　张 / 6.5

ISBN 978-7-5496-1760-9
定　　价 / 25.00 元

前言

何为命运？命运可知吗？若可知，可不可以改变？这是自古以来人们一直谈论的问题。在古代，命运被认为是“神意”（如古希腊人）或者“天意”（如古代中国人）；既然是“神意”或者“天意”，那就是不可知而不可改变的①。不过，自近代以来，随着科学的兴起，人们渐渐对命运有所了解了。那就是遗传与环境。实际上，遗传就是影响一个人一生的“命”；环境就是在某时或某事上影响一个人的“运”——前者和父母（及其祖先）有关，后者和周围的一切（主要是其他人）有关。那么，人们对命运有所了解，是不是意味着命运就此可以改变？对此，有人乐观，有人悲观。乐观派认为，只要对遗传与环境有足够的认识，人是可以掌控自身命运的；悲观派则认为，遗传与环境就如两个无底洞，即便你在洞口，也看不到洞底，所以人是不可能战

① 古代有占卜和算命，都旨在知晓（乃至改变）命运，但那不过是古人的想象而已，仅有一点心理上的安慰作用。实际上，无论是古希腊人，还是古代中国人，大凡都是宿命论者，相信命运是难以改变的。

胜命运的。在这方面，乐观派的理想主义和悲观派的现实主义各说其词，而且各有拥趸，至今难分伯仲。本书所选23篇出自中外经典作家之手的文章，就旨在展示这方面的情况。

当然，这些文章不仅对研究这一问题的学者具有指导意义或者参考价值，更是极好的读物，因为它们不仅有思想，而且有个性、有趣味，读来不仅使人受益，还令人愉悦，即便是普通读者，也值得一读。

本书分为两个部分，即“外国篇”和“中国篇”。在第一部分“外国篇”里，选入了13位外国作家的相关文章。这些作家均为历代名人大家，如古希腊三圣之一的亚里士多德、古罗马悲剧大师塞涅卡、16世纪思想家马基雅维利、蒙田和培根、18世纪大学者亚当·斯密、19世纪哲学家叔本华和爱默生、小说家霍桑，以及20世纪诺奖得主、剧作家梅特林克，历史学家汤因比和宗教家池田大作等。这些著名人物虽属不同时代和不同专业，个性与风格也各不相同，但却汇聚于此，谈论同一个话题——命与命运。

粗看之下，这些作家的文章一定是五花八门的，因为时间相隔那么长，国家又那么多（有法国的、有英国的、有德国的、有美国的，还有日本的）；其实并非如此。因为从16世纪文艺复兴到20世纪（乃至今天），西方文化一直有一条主线贯穿其中，即：广义的理性主义。也就是说，从16世纪的马基雅维利、蒙田和培根，到19世纪的叔本华和爱默生，再到20世纪的梅特林克和汤因比，西方思想家几乎全都一脉相承地遵循着理性主义原则。尽管19世纪上半叶和20世纪上半叶先后出现过浪漫主义和非理性主义思潮，但理性主义始终是西方文化的中坚，尤其是在思想界（文艺界或许有所不同）——这只要从科学在这两百年间的发展即可看出，因为科学就是理性主义的代表。所以，把蒙田的随笔、叔本华的论文、梅特林克的散文放在一起看，并不会使人觉得有很大的时代隔阂。

换言之，关于命与命运，可以概括地说，所有这些西方作家都在谈论这样一些问题：什么是个人命运？什么是国家和民族的命运？个人命运和国家命运之间有何关系？如何看待个人命运？如何看待国家命运？如果说命运不可抗拒，那么人还有没有自由？人类智慧能不能战胜命运？如此等等。

在第二部分“中国篇”里，选入的9位作家，既有古代大儒文豪，如王充、苏轼等，又有近现代名家学者，如王国维、鲁迅、周作人、林语堂等。

我们知道，中国古代盛行“德运论”，即认为命运是由德行决定的：有德之人必有好运，无德之人必遭厄运，即所谓“善有善报，恶有恶报”。其实，不仅中国古代如此，西方古代（古希腊和古罗马）也大抵如此。这从本书所选亚里士多德《论幸运与幸福》一文和塞涅卡《论命运》一文中即可看出。所不同的是，古希腊人和古罗马人是“绝对”宿命论者，而中国古人则多半是“相对”宿命论者。因为在古希腊人和古罗马人看来，个人的生性善恶是不可变的，所以个人的命运也不可变，完全由“自然”（亚里士多德语）或者“神”（塞涅卡语）先天预定；而在中国古人看来，多数人的善恶是可变的，只有少数特别善和特别恶的人不会变（孔子曰：“中人可以上下，而上智与下愚不移。”），所以多数人的命运也是可变的，并非先天预定。

不过，就如古希腊人和古罗马人的“绝对”宿命论自16世纪后被多数西方人抛弃，中国古人的“相对”宿命论，自20世纪初、尤其是在新文化运动时期（20世纪20年代前后），也屡屡遭到学界的质疑。原因是，当时的中国学者开始接受西方理性主义，因而在很大程度上视命运为遗传与环境，是可以从遗传学、生物学、社会学、心理学等方面加以考察的，并非神秘兮兮。在他们看来，古人的宿命论，或许是因为幼稚（即对宇宙因果律的无知），或许是出于现实目的（如维护等级制度）。这方面的情况，从本书所选王国维、鲁迅、周作人和林语堂等人的文章中即可看出。

总之，关于命与命运，概括地说，中国人自古以来谈论的是这样一些问题：生死寿夭、贵贱贫富，是否命中注定？善人恶人，是否生来就是？行善积德，是否定有好报？吃素破财，能否消灾避祸？烧香拜佛，能否时来运转？家运国运，能否掐指推算？如此等等。

以上是关于本书的一个大概说明，对有些读者来说或许是多余的。但对有些读者来说，或许是有用的。

刘文荣

2016年2月于上海

目录

外国篇

论幸运与幸福

[古希腊] 亚里士多德

亚里士多德（Aristotle 前384—前322），古希腊哲学家，主要著作有《形而上学》《伦理学》《政治学》《物理学》《诗学》和《工具论》等。

本文节选自《大伦理学》（载《亚里士多德全集》第八卷），题目系编者所加。

在这里，亚里士多德要论证的论点是："如果没有靠运气抓住的外在的好东西，幸福是不可能的。"那么，"外在的好东西"是什么？源于何处？简单地说就是，他认为和幸运有关的，既不是"机遇"（即"碰巧"），也不是"思想或理性"（即思考的结果），也不是"神佑和神意"（因为神也降祸于人），而是"自然"。也就是，有些人天生具有某种"非理性的自然本性"；基于这种"本性"，他们天生就有"善的冲动"。这种天生的"善的冲动"，就是"外在的好东西"。所以，在他看来，所谓"幸运"，就是"有幸"生来就有善性，而生来就有善性之人（即幸运之人），就是幸福之人。

这虽说和中国传统的"德福论"（有德即有福）很相似，但值得注意的是他对幸运的探讨——古希腊式的、思辨的、理性的。这是西方哲学的开端。

既然我们论证的主题是幸福，那么，接下来，我们就应该讨论幸运。因为许多人都认为，幸福的生活就是幸运，如无幸运，便无幸福。这种观点或许是正确的。因为如果没有靠运气抓住的外在的好东西，幸福是不可能的。因此，我们必须说明幸运，一般地讨论谁是幸运者，它存在于什么中，又相关于什么。

首先，有人或许会通过下面的考察对这些问题提出疑问。因为人们不应把机遇说成是自然的。因为以自然为其原因的东西，多半会或者总是会产生出来，但机遇却不是这样，它的结果是无规律的、碰巧的。正因如此，我们才说机遇存在于这类东西中。我们也不能把机遇当成某种思想或理性。因为在这里，两者同样有规律和总是如此的必然性，但机遇却没有必然性。因此，愈有思想和理性的地方，就愈无机遇；反过来，愈有机遇之处，也就愈无思想。

那么，幸运是否指某种神佑呢？不应该这样认为。因为假如我们把神认作是这种东西的主宰者，神依据价值来分派善和恶，那么，机遇及源于机遇的东西就真会是按照机遇而生成的了。如果我们把这种东西分派给神，就使神成了坏的或不公正的判定者。而这是不适于神的。但是，除了这些之外，人们又不可能将机遇归源于其他东西。所以显然，它必定是上述三者[①]之一。思想、理性和知识似乎完全与它不相干。但是，神佑和神意也不应被认为是幸运，因为它也出现在恶中，虽然神不可能庇护恶。那

---

① “上述三者”是在前文中提到的，即：（1）思想或理性、（2）神佑和神意、（3）自然。——编者注

么，剩下来的自然，就和幸运最有关系了。

幸运和机遇出现在不取决于我们自己的场合中，在那里，我们没有支配权，也不能行动。正因如此，没有一个人把公正者（作为公正者而言）、勇敢者或基于德性的其他人说成是幸运的；因为具有或不具有这些性质，取决于我们自己。但是，在诸如下面的这些事情上，我们更适于说是幸运的。例如，我们把有好的生日的人说成幸运，一般而言，凡是具有这类不由自己支配的好事情的人，都是幸运儿。

但是，即使是此处的这种情形，也不是幸运一词的严格含义。“幸运”有多层意思。因为对在自己意料之外完成某种善行的人，我们称之为幸运，对基于理性本以为要失去但却获得的人，我们也说成是幸运。那么，幸运存在于意料外的某种善的获得中，也存在于预料内的某种恶的避免中。但是，幸运似乎更加适于用在善的获得中。因为善的获得似乎是基于本性的幸运，而恶的避免则是基于偶性的幸运。

幸运是一种非理性的自然本性。因为幸运者是这样的人：他对善有着非理性指导的冲动，并且要得到它们，而这就是源于本性的。因为在灵魂中，内在具有这类东西，它迫使我们非理性指导地朝向我们具有的好东西。假如有人问具有这种情形的人：“为什么你愿意这样做？”他会说：“我不知道，但它使我愿意。”那些靠神灵感应激动起来的人，也有类似的情感；因为他们也有非理性指导的、想做什么事的冲动。

我们没有合适的、专用的词来称谓幸运，但我们经常把它叫作原因，虽然原因与这个词没多大关系。原因与它的结果是不同的，我们称为原因的东西并无获得善的冲动，在这个意义上，它才是恶的避免或善的获得（在并没想到要获得善时）的原因。这样的幸运与前面所述是不同的，它似乎是从事情的变更中出现的，而且，是基于偶然的幸运。所以，如果这样的情形也叫作幸运的话，那么，就与幸福的关系而言，另一类就更适于是幸运，因为在那里，获得善的冲动的根源，就在他自身之中。

既然无外在的善，就无幸福，而外在的善，又源生于幸运；那么，就正如我们已说过的，幸运应与幸福同在。

徐开来　译

论命运

[古罗马] 塞涅卡

塞涅卡（Licius Annaeus Seneca 前4—65），古罗马哲学家、悲剧作家，曾做过罗马皇帝尼禄的教师，重要作品有悲剧《疯狂的赫拉克勒斯》《特洛伊妇女》和《腓尼基少女》等。

本文选自塞涅卡《书信集》（中译本名《面包里的幸福人生》），题目系原编者所加。

塞涅卡是斯多葛派哲学家。所谓“斯多葛派哲学”，和中国的儒家哲学颇有几分相似，即相信：顺从天命、安分守己、恬淡寡欲，可得人生幸福；反之，则祸哉祸哉。这从本文中即可看出。本文是塞涅卡写给朋友的一封信，信中用各种事情反复说明：“一切发生的事情都是注定要发生的”，因为这是“神的意志”，我们无法抗拒，甚至都不应该抱怨；我们所能做的，就是毫无怨言地服从神，并要有一颗“已把自己交给了命运的心灵”。

你的道德洞察力到哪里去了？你的敏锐直觉到哪里去了？你的豁达大度又到哪里去了？你对那样微不足道的小事感到不安？

你的奴隶一直都把你专心致志工作的时候看成是他们逃跑的机会；你的朋友把你给骗了，那就听任他们这样吧——还一定要让他们保持我们错误地赠予他们的朋友这一称号，并且让人这样称呼他们，以便加深他们的耻辱。因为事实上，你为一些人的事操心是白操心，他们已经永远地摆脱了你，他们以前也把你当作除了你自己以外谁都受不了的人。这是很平常的，一点都不奇怪。为这类事情怄气，就像是因为在街上被溅了点污水，或在泥泞的地方弄脏了衣服而抱怨不已一样是很不值得的。人应该像对待澡堂、对待众人以及对待旅行一样对待生活。在生活中，会有各种各样的事情向你抛掷过来，会有各种各样的事情把你击中。生活不是件舒服安逸的事，它是一条漫长的道路。你已经在这条路上起步了，就必须做好滑跤、跌倒、遭受打击的准备，还要准备在支撑不住的时候，甚至公开表示自己希望——不管是真是假——死去。你会在一个地方告别一个同伴，在另一个地方掩埋一个同伴，又在第三个地方害怕一个同伴，这些都是你在这崎岖的人生旅途中将要遇到的事情。想死吗？还是让自己做好准备来面对这一切吧，让自己意识到步入了一个雷鸣电闪的地方吧，在这里

> 悲痛、报复和忧虑已置放好床
> 住下苍白的疾病，阴郁的老年。[1]

这就是你必须终生与之相随的伴侣，你无法逃避它们，你能

---

① 引自古罗马诗人维吉尔（前70—前19）的《埃涅阿斯纪》。

做到的是蔑视它们，而且通过不断反思过去，你就能预测未来，所以你也确实会蔑视它们的。人们要是预先经受了训练，那么他们对自己早有准备的事情，对各种磨难，甚至对自己受到反对的情况，就会更加勇敢地予以正视。相反，没有准备的人则常被无关紧要的小事吓得惊慌失措。我们务必做到，不管发生什么事情，都不会使我们感到惊奇。既然使事情显得比它实际上更为可怕的必是对于情况的不熟悉，那么养成不断反思的习惯就能确保你无论碰到哪种不幸，都不会感到陌生。

“我的奴隶全逃跑了!”、别人遭劫了、受到株连了、被人突然袭击了、给人出卖了、让人毒打了、被人投毒了、遭人诽谤陷害了——随你列举多少吧，这样的事许多人都遇到过。生活中有多种明枪暗器都把我们作为目标抛射过来，有些已打进了我们的肉体，有些正向我们射来，还有一些则另有目标，只是中途擦伤了我们一下。别为自己生来将要面临的事情吃惊，谁都不必抱怨这些事情，道理很简单，它们对每个人都一样。是的，对谁都完全一样，因为即使有人确实逃脱了一件，那件也本来只是他可能会遭到的。法律的公正并不在于让所有人都实际感受到其作用，而只是在于它是平等地为所有人而建立的。让我们把法律的这种公正感牢记在心，并且毫无怨言地偿还我们的这笔人生之债吧。冬天带来严寒，我们只能瑟瑟发抖；夏日把酷暑送回，我们又不得不大汗淋漓。恶劣的气候折磨我们的身体，我们又无法不生疾病，我们还会在某个地方碰上野兽，还会碰上人——比那些野兽更具危险的人。洪水夺走我们一些东西，火灾又夺走我们另一些东西，这就是我们的生存状况，我们是无法改变它的。我们能够做的是培养崇高的心灵——适合于做好人的心灵，以便我们能够勇敢地承受命运送来的一切，使我们的意志与自然和谐一致。变更毕竟是自然用以调整她的这块可见领地的手段：碧空接替阴云，风暴跟随宁静；黑夜过后是白昼，南风吹过起北风；当天体的一部分上升之时，其另一部分便在下沉。永恒就是以这种对立方式持续着的。

这就是我们的头脑需要与其协调的法则，这就是我们的头脑应当始终遵守和服从的法则。我们应当认定，一切发生的事情都是注定要发生的，所以不要去抱怨自然。人只能忍受无法驾驭的东西，只能毫无怨言地服从神，是神的意志创造了世间万物。嘟嘟囔囔、怨声载道地跟随自己长官的士兵不是个好士兵，让我们心悦诚服地接受指挥和命令吧，决不可在行军中背叛自己的队伍当逃兵——这是我们这些神的创造物的人生辉煌的大进军，其中我们将要遭受的一切只是沧海一粟！让我们像克里安塞①那样，以最感人的语句（鉴于有语言大师西塞罗②为我们树立的榜样，我对这些语句翻译得不好也许能得到谅解）赞美朱必特③吧，正是他挥动着巨手，引导我们前进，指挥着这一伟大的行动。如果你喜欢这些语句的话，那就太好了；如果你不喜欢的话，至少会知道我是在模仿西塞罗的

① 克里安塞（约前301—约前232），古希腊哲学家。

② 西塞罗（前106—前43），古罗马政治家、演说家、雄辩家、法学家和哲学家。

③ 朱必特，古罗马神话中的主神（即古希腊神话中的宙斯）。

引导我，苍穹之主
引导我，天国之父，任您指往何方，
我在此待命，等候您吩咐。
纵然非我所愿，
我也应侍奉于您，
也应知道何时尽心服侍您，
虽然痛苦、受辱、怨气满腹。
因为命运
引导顺者，强迫逆者。

让我们就这样地说话和生活吧，让命运发现我们已经做好准备，正在待命。这就是崇高的心灵——已把自己交给了命运的心灵。但世间还是会有渺小而堕落的心灵，它在挣扎着，它把上天的安排看得一无是处，它不愿改变自己而想改变神。

周伯诚　译

命运在人世事务上有多大力量和怎样面对

[意大利] 尼可洛·马基雅维利

尼可洛·马基雅维利（Niccolo Machiavelli 1469—1527），意大利政治学家、历史学家、西方近代政治学之父，重要著作有《君主论》《论战争艺术》和《佛罗伦萨史》等。

马基雅维利是西方近代“权谋政治论”的鼻祖。在此之前，欧洲各国的君主都是依靠宗教执掌政权的，但是到了马基雅维利的时代，即意大利文艺复兴时期，宗教的势力明显衰落了，这时的君主如何继续执掌政权？马基雅维利的《君主论》一书，就是为此而写。也就是说，这本书是写给君主们看的，里面讲的，就是如何依靠权谋（也就是君主自身的行为）来保障和行使君主的权力。

此处辑录的是《君主论》（1513）第25章，题目系原书所有。这一章说到一种使君主感到棘手的情况，那就是如何面对天意和命运。他认为，天意和命运确实不可违，但那是指彻底违抗，而实际上，“命运是我们半个行动的主宰”，还有一半是由我们自己决定的。既然如此，我们没有理由完全屈从于命运，仍然应该有所行动，而且行动要果断迅猛，因为命运就如女人，喜欢敢作敢为的勇士而鄙视缩手缩脚的懦夫。

我不是不知道，有许多人向来认为，而且现在仍然认为，世界上的事情是由命运和上帝支配的，以至人们运用智虑亦不能加以改变，并且丝毫不能加以补救；因此他们断定在人世事务上辛劳是没有用的，而让事情听从命运的支配，这种意见在我们这个时代就更觉得可信，因为过去已经看到而且现在每天看到世事的重大变幻远在每个人的预料之外。

考虑到这种变幻，有时我在一定程度上倾向于他们的这种意见。但是，不能把我们的自由意志消灭掉，我认为，正确的是：命运是我们半个行动的主宰，但是它留下其余一半或者几乎一半归我们支配①。我把命运比作我们那些毁灭性的河流之一，当它怒吼的时候，淹没原野，拔树毁屋，把土地搬家；在洪水面前人人奔逃，屈服于它的暴虐之下，毫无能力抗拒它。事情尽管如此，但是我们不能因此得出结论说：当天气好的时候，人们不能够修筑堤坝与水渠做好防备，使将来水涨的时候，顺河道宣泄，水势不致毫无控制而泛滥成灾。

对于命运，情况正好相同。当我们的力量没有做好准备抵抗命运的时候，命运就显出它的威力，它知道哪里还没有修筑水渠或堤坝用来控制它，它就在那里作威作福。如果你考虑意大利——它是这些变动的所在地，并且推动了这些变动——你就会看到它是一个既没有水渠也没有任何堤坝的平原。如果意大利像

① 这句话的意思是：人的行动，一半是命运主宰的，一半是人自己支配的。

德国、西班牙和法国那样，过去有适当的力量加以保护，这种洪水就不会产生像今日那样巨大的变动或者压根儿不会出现。关于一般地谈谈抵抗命运的问题，我想这就够了。

但是，我还想专门谈谈特殊方面。我要指出，我们看见某个君主今日幸福得很，明日却垮台，而没有看见他在性质上或者其他特性上有什么改变。我认为，其所以如此，首先是由于我在上面已经长篇地讨论过的那些原因，这就是说，任何一位君主如果他完全依靠命运的话，当命运变化的时候他就垮台。我还认为，一位君主如果他的做法符合时代的特性，他就会得心应手；同样的，如果他的行径同时代不协调，他就不顺利。因为，人们在实现自己所追求的目的，即为荣耀与财富而从事的事业上，有不同的方法：有的谨慎小心，有的急躁鲁莽，有的依靠暴力，有的依靠技巧，有的依靠忍耐，有的与此相反；而每一个人可以采取不同的方法达到各自的目的。人们还可以看到两个都是谨慎小心的人，其一实现了他的目的，而另一个则否；同样的，两个具有不同脾气的人，其一谨慎，另一个急躁，都一样成功了。其原因不外乎是他们的做法是否符合时代的特性。由于我已经讲到的原因，结果，两个人虽然行动不同，却取得同样的效果：而另外两个人行动相同，一个达到目的，而另一个却失败了。

盛衰的变化亦由于这个原因：如果一个人采取谨慎、耐心的方式行动，时间与事态的发展情况说明他的行动是合适的，那么他就获得成功；但是如果时间与事态变了，他就失败了，因为他没有改变他的做法。没有一个人如此谨慎小心地使自己能够适应这种情况，这是因为他不能够离开天性驱使他走的路，还因为他走一条路亨通已久，他就不愿离开这条路。因此，一个谨慎的人，到了需要采取迅猛行动的时候，他不知所措，结果他就毁灭了。但是，如果一个人能够随着时间和事态的发展而改变自己的性格，那么命运是决不会改变他的。

教皇朱里奥二世[①]无论做什么事情都是那么迅猛；他觉察时代和事态同他的做法是那么协调，所以他总是获得成功。请看看在乔万尼·本蒂沃利奥[②]还活着的时候，教皇对波伦尼亚进行的第一次出征。当时威尼斯人是不赞成这件事的，西班牙国王也不赞同，朱里奥就同法国商议这项计划。然而，由于他的刚强和迅猛的禀性，他亲自发动远征。这一行动弄得西班牙和威尼斯人举棋不定，呆若木鸡，后者是由于恐惧，而前者则是由于想要重新取得整个那波利王国的愿望。而另一方面，教皇把法国国王拉过来跟着自己。法国国王眼看朱里奥已经行动起来，并且盼望教皇成为自己的朋友，以便使威尼斯人俯首帖耳，也就自己认定：除非公开得罪教皇，否则不可能不给他提供军队。于是朱里奥以迅猛的行动完成了一项事业，这是任何其他一个教皇以人间最高的深谋远虑都不能成功地做出的。假使他像其他任何一个教皇那样行事，要等待各项条件都确定下来，一切事情都安排好，才能够离开罗马，他就绝不会成功了，因为法国国王会有一千条推托之词，而其他的人[③]对他会产生无限忧虑。关于他的其他行事就从略了，它们全部是属于这一类的，而且全都是很成功的。他的生

---

① 教皇朱里奥二世，15 世纪末、16 世纪初罗马天主教教皇。
② 乔万尼·本蒂沃利奥，16 世纪初意大利波伦尼亚城邦的领主。
③ 指威尼斯人。

命短促使他没有相反的经历；因为如果时光流转到了他必须谨慎行事的时候，他就会毁灭了；因为他永不会抛弃他的天性所偏爱的那些方法。

因此，我得出的结论是：当命运正在变化之中而人们仍然顽强地坚持自己的做法时，如果人们主动地和命运周旋，他们就成功了；而如果不周旋，他们就不成功。我确实认为是这样：果断胜于谨慎，因为命运之神是一个女人，你想要压倒她，就必须打击她。我们可以看到，她宁愿让这样行动的人们去征服她，而不喜欢那些缩手缩脚的人们。所以说，命运正如女人一样，也常常青睐年轻人，因为年轻人不那么谨小慎微，而是比较鲁莽，反而能够大胆地征服她。

潘汉典　译

命运的安排往往与理性不谋而合

[法] 米歇尔·德·蒙田

米歇尔·德·蒙田（Michel de Montaigne 1533—1592），法国思想家、散文家，曾在法院任职多年，后归隐田园，潜心著述，以多卷散文集《蒙田随笔》闻名于世。

本文选自《蒙田随笔》第一卷，题目系原书所有。

文中没有太多议论，几乎通篇都在讲一些事情。譬如，某人想在酒席上毒死某人，结果阴差阳错，毒死了自己的教父，他自己也中了毒。譬如，某新郎在新婚之夜想在新娘面前逞能，去找人打斗，结果被对方抓了起来，新娘不得不去为他求饶，脸面丢尽。再譬如，有两个人去行刺一位仁慈的长者，半路上却遇到一名刺客，杀了他们中的一个，另一个以为计划暴露，就去自首了，仁慈的长者安然无恙，而那一名半路杀出的刺客被捕后拿出证据说，他杀的是杀死他父亲的凶手，被判无罪。这一系列事情，似乎都让人觉得命运不可捉摸，但作者认为，命运的安排往往是合理的，那就是：善有善报，恶有恶报。

命运的反复无常可能让我们觉得它捉摸不定。难道还有比命运的安排更加明白无误的报应吗？瓦朗蒂努瓦公爵和他的教父教皇亚历山大六世[①]一起去梵蒂冈科尔内特的红衣主教阿德里安家中吃晚饭，公爵早已决定毒死红衣主教，事先送去一瓶毒酒并叮嘱膳食总管好好加以保存。教皇比他的教子先到一步，到了就张口要喝的。膳食总管以为，那瓶酒之所以交他保管，只是因为是瓶好酒，所以他就拿来给他喝了，公爵自己在上点心的时候赶到，他满以为人家不会动他的那瓶酒，所以也跟着喝了。结果教父突然死去；教子呢，受到疾病的长期折磨，命运比教父更惨。

有时，命运好像看准了时机来捉弄人。旺多姆殿下的军旗手德特雷爵爷和达斯科公爵的随从副官里克爵士，虽分属不同的部队，但都在追求封凯泽尔先生的妹妹。里克爵士最后占了上风。可是，结婚的那一天，而且就在进入洞房前，新郎有心争斗一场，讨好新娘，就离家到圣奥梅尔附近和人动了手；结果，他败在德特雷爵士的手下，当了俘虏。德特雷爵士炫耀着自己的胜利，那个新娘却

> 不得不离开年轻丈夫的怀抱，
> 等待那一个又一个的严冬，
> 经过漫漫长夜要尽它们的威风。

——卡图鲁斯[②]

---

① 亚历山大六世（1431—1503），罗马天主教第216任教皇。
② 卡图鲁斯（约前87—前54），古罗马田园诗人。

她不得不去恳求德特雷爵士释放俘虏——她的丈夫。好在德特雷爵士答应了，因为法国贵族是从不拒绝一位女士的恳求的。

埃莱娜的儿子君士坦丁[1]建立了君士坦丁帝国[2]，多少个世纪之后，又是埃莱娜的儿子君士坦丁[3]将帝国断送。这难道不像是人为安排的结局吗？

有时，命运的安排往往胜过人间奇迹。我们记得国王克洛维斯[4]在围困昂古莱姆时，多亏上天的保佑，城墙自己倒塌了。布歇援引一位作者的话说，国王罗伯特[5]在围困一座城市的时候，离开围困前线去奥尔良庆祝圣坦尼昂节，由于他非常虔诚，在弥撒还在进行的时候，被围城市的城墙不攻自塌了。在我们的米兰之战中，命运将一切都做了相反的安排。我们的统帅朗斯在包围埃梦纳城时，让人在一大段城墙下埋了炸药；城墙被突然从地里掀起，但又不带墙基整个儿直直地落了下来，结果被围困者依旧安然无恙。

有时候，命运的安排还替人治病。菲雷斯的亚逊，胸口长了个脓疮，医生们认定他已没有希望。他渴望摆脱脓疮的折磨，想着干脆死了拉倒。于是，他投入了战斗奋不顾身地冲进敌群。战斗中，他身上受伤，伤得恰到好处，脓疮扎破居然得以痊愈。

---

① 君士坦丁一世（272—337），古罗马皇帝，史称“君士坦丁大帝”，其母名“埃莱娜”。

② 君士坦丁帝国，即拜占庭帝国。因君士坦丁一世将帝国首都从罗马迁至拜占庭（即君士坦丁堡），故罗马帝国改称“拜占庭帝国”。

③ 君士坦丁十一世（1404—1453），拜占庭帝国末代皇帝，其母也名“埃莱娜”。

④ 克洛维斯（466—511），法兰克斯（法国古称）国王。

⑤ 罗伯特（1306—1329），苏格兰国王。

命运的安排不比画家普罗托盖奈斯[①]的技艺更胜一筹吗？这位画家画完一只疲惫不堪的狗，别处他都很满意，唯独狗嘴上的涎沫画得不中意。他对画出的东西十分恼火，便抓起吸了各种颜料的海绵块朝画上扔去，想把一切都给抹掉。命运的安排恰到好处，这一扔扔到了狗嘴的位置上，在那里印下了技艺画不出的痕迹。

有时，命运的安排不是在改变和纠正我们的计划吗？英国女王伊莎贝尔带着拥戴她儿子、反对她丈夫的军队打算离开泽兰回国去。她若是在原计划定下的港口登陆，那就完了，因为敌人正在那里守候。但命运的安排却不顾她的意愿将她抛到了别处，使她在那里安全登陆。所以，那位用石头砸狗却砸死了后娘的古人念出的那句诗不是很有道理吗？

> 命运的看法比我们更正确。
>
> ——米南德[②]

伊塞特斯[③]招来两名士兵去刺杀逗留在西西里岛阿德拉纳的蒂莫莱翁[④]。他们约好趁他在献祭的时候动手。两人混在人群之中；正当他们互使眼色，表示此刻正适合行刺的时候，突然有第三个人往其中一人的头上砍了一刀，将他砍死在地后拔腿就逃。

---

① 普罗托盖奈斯（约前4世纪），古希腊画家。
② 米南德（前342—前291），古希腊“新喜剧”代表作家。
③ 伊塞特斯（约前4世纪），古希腊叙拉古城邦名将。
④ 蒂莫莱翁（约前4世纪），古希腊科林斯城邦名将。

那同伙以为被人发现了，就跑回祭台求饶并答应坦白一切。正当他交代阴谋的时候，那第三个人已抓住，被人当成凶手推推搡搡穿过人群向蒂莫莱翁及会上的显贵押去。到了那里他喊起了饶命，说他杀死的正是杀他父亲的凶手。他运气不错，及时找着了证人，当场证实了他的父亲确实在列奥蒂尼城里被他的这个仇人所杀。他在为父亲的死讨回公道的同时，有幸救了所有西西里人的长者——蒂莫莱翁，因而获得了一千雅典银币的奖赏。这里，命运在讨回公道方面，胜过了人类智慧订出的法规。

最后，在下面的这件事情上，不是可以清楚地看出，命运是在明白无误地贯彻它特别的恩惠、善意和慈悲吗？罗马三巨头宣布了伊格纳蒂乌斯[①]父子在罗马不受法律保护。父子两人决定采取勇敢的主动行动：互相借助对方之手结束自己的生命，以使凶残的专制统治者不能如愿。他们手握宝剑互相奔去，命运引导着利剑之尖，使之击出同样致命的两剑，但对于如此美好的父子之情却给予尊重，以至他们刚好还有力气从伤口抽回握着宝剑的血淋淋的手臂，就这样紧紧地拥抱在一起。他们的拥抱如此有力，刽子手们只好将他们的两颗头颅一起砍下，让身子一直抱着成为一个崇高的结。他们的创口紧贴在一起，互相深情地吮吸着鲜血和剩余的一点性命。

方静之　译

① 伊格纳蒂乌斯（约35—117），古罗马主教。

论幸运

[英] 弗朗西斯·培根

弗朗西斯·培根（Francis Bacon 1561—1626），英国文艺复兴时期著名哲学家、散文家，曾任大法官，晚年隐退，从事研究和著述，重要著作有哲学论著《学术的进展》《新工具》《论事物的本性》、文集《随笔集》和《新大西岛》等。

本文选自《随笔集》，题目系原书所有。

一般认为，幸运是偶然因素造成的。这固然没错，但偶然之中也往往有必然，因为有些人的有些素质和有些品格——譬如，深藏不露的才能、聪明而憨厚的个性、谦虚而自信的美德——往往会为他们带来意想不到的幸运。反过来说，有些人的有些素质和有些品格则往往会为他们带来厄运。所以说，"人的命运也往往是由人自己造成的"——这句话，就是本文的主题。

不容否认，一些偶然因素常常会影响到一个人的命运——例如长相漂亮、机缘凑巧、某人的死亡，以及施展才能的机会等等；但另一方面，人的命运也往往是由人自己造成的，正如古代诗人所说："人人都是自己的设计师。"

有时一个人的愚蠢恰是另一个人的幸运，一方的错误恰好给另一方创造了机会，正如谚语所说："蛇吞蛇，成巨龙。"

炫耀于外表的才能固然受人称赞，而深藏不露的才能却会带来幸运，这需要一种难以言传的自制与自信。西班牙人把这种本领叫作 desemboltura（潜能）。一个人具有良好的素质，能在必要时发挥出来，从而推动幸运的车轮转动，这就叫"潜能"。

历史学家李维曾这样形容加图①："他的心智与体力都是那样健全。因此无论他出身于什么样的家庭，都可以为自己开辟出一条道路。"——因为加图具有多方面的才能。这说明，只要对一个人进行深入观察，就可以发现他是否可以有望期待幸运的降临。因为幸运之神虽是盲目的②，却并不是无形的。

每一个幸运的机会就像银河里的一颗星，作为个体并不显眼，但合在一起却光辉灿烂。同样，一个人也可以通过不断做出微小的努力来达到幸福，也就是不断地培养美德。

意大利人在评论一个真正聪明的人时，除了夸赞他具有的优点外，有时还会说他表面上带一点傻气。是的，有一点傻气，不是呆气，可说没有比这更使人幸运了。然而，一个信奉民族至上或君主至上的人，将会是不幸的，因为他们总是把思考权交给他人，而不会走自己的路。

意外的幸运会使人冒失、狂妄，然而来之不易的幸运却使人

---

① 李维，古罗马史学家，著有《罗马史》。加图，古罗马政治家。
② 传说中的幸运女神蒙着双目飞行于人间。

成为英才。命运之神值得我们崇敬，至少这是为了她的两个女儿——一个叫“自信”，一个叫“光荣”，她们都是幸运的产物，前者诞生在自己心中，后者诞生在他人心中。

智者从不夸耀自己的成功，他们把光荣归功于“命运之赐”。事实上，只有伟大的人物才能得到命运的护佑。恺撒对暴风雨中的水手说：“放心吧，有恺撒坐在你的船上！”而苏拉[①]则敢自称为“伟大”，还称自己为“幸运的”。从历史可以看到，凡把成功完全归于自己的人，常常会有不幸的结局。例如，雅典人泰门[②]总把他的发迹说成“这绝非幸运所赐”，结果，后来的事情没有一件是顺利的。世间确有一些人，他们一生幸运，顺畅得就如荷马的诗句。不过，普鲁塔克[③]在把泰摩列昂[④]的好运气与阿盖西劳斯和埃帕米农达[⑤]的坏运气作比较时发现，幸运与否还和他们的性格不无关系。

何新　译

---

① 苏拉，古罗马统帅、独裁者，自称“幸运的苏拉”。
② 泰门，古希腊雅典城邦的富翁，因慷慨而把钱财挥霍一空，最后发了疯。
③ 普鲁塔克，古罗马时期的希腊传记作家、散文家，著有《名人列传》。
④ 泰摩列昂，古希腊将军。
⑤ 阿盖西劳斯，斯巴达国王。埃帕米农达，古希腊将军。

论命运对人类情感的影响

[英] 亚当·斯密

亚当·斯密（Adam Smith 1723—1790），英国伦理学家、经济学家、现代经济学之父，重要著作有《道德情操论》和《国民财富的性质和原因的研究》（简称《国富论》）等。

此处辑录的是《道德情操论》（1759）第二卷第三篇，题目系编者所加，文中标题为原书所有。

《道德情操论》是亚当·斯密的伦理学著作，全书共七卷，主要论述道德情感的本质和道德评价的性质。在这一篇里，他论述的是“命运”——也就是事物的不可预测——对人类情感的影响。全篇共三节：第一节“论命运对情感产生影响的原因”，要点是：命运之所以对情感产生影响，原因在于人的情感反应往往是不可预测的，同样的事物，可能会产生截然相反的情感反应，有人感到高兴，有人感到痛苦——所以说，这是受“命运”的影响。第二节“论命运对情感产生影响的程度”，要点是：(1) 人的情感或意愿有好有坏，但无论是好的情感，还是坏的情感，不一定会完全表现出来，其表现程度往往是不可预测的，这是“命运”对情感程度的影响之一。(2) 对他人的偶然行为，人的情感反应往往会超过平时的反应，而超过多少，也是不可预测的，这是“命运”

对情感程度的影响之二。第三节“论情感变化无常的最终原因”，要点是：人的情感变化无常，最终可归因于人性的弱点；所以，我们应该“以心灵中的全部高尚而又伟大的情感去矫正自己心中的人性的不规则变化”。总之，本文对人的情感反应的不确定性作了较为详尽的论述，可视为西方“情感心理学”的早期文献。

某一行为可能受到的赞扬或责备，不管怎样，首先是针对产生这个行为的内心意图或感情的；其次是针对这种感情所引起的身体外部的行为或动作的；最后是针对这个行为所实际产生的或好或坏的后果的。这三个不同的方面即构成行为的全部性质和状况，它们必定成为能与这一行为相应的无论哪一种品质的根据。

在这三种情况中，后两种情况不能作为任何赞扬或责备的根据，这是很清楚的；也没有人坚持相反的意见。在最清白的行为和最可责备的行为中，身体外部的行为或动作往往是相同的。一个向鸟射击的人和一个向人射击的人，都做了同样的外部动作，即都要扣动一支枪的扳机。某一行为所实际产生的后果，甚至比身体的外部动作更与赞扬或责备无关。因为后果并不取决于行为者而是取决于命运，所以后果不能成为以行为者的品质和行动为对象的任何情感的合宜根据。

行为者可能对此负责的或者他由此可能得到某种赞同或反对的唯一后果，就是那些这样或那样预期的后果，或者至少是那些显示出他的行为由以产生的内心意图中某一令人愉快或不快品质的后果。因此，恰好归于某一行为的一切赞扬或责备，恰好归于某一行为的一切赞同或反对，最终必定针对内心的意图或感情，必定针对行为的合宜与否，必定针对仁慈或不良的意图。

当这一准则如此抽象地和概括地被提出来时，没有人会加以反对。它那不言而喻的正确性得到世人的承认，所有的人都不会对此持有异议。每个人都认为：不同行为所造成的偶然的、意外的和未能料到的后果无论是怎样的不同，然而，如果一方面这些行为由以产生的意图或感情是同样的合宜和仁慈，或者另一方面是同样的不合宜和恶毒的话，那么行为的“好”或“坏”仍是相同的，并且行为者同样成为感激或愤恨的合宜对象。

但是，无论我们在作抽象思考时是如何为这一正确的准则所折服，可一旦面临特定情况时，某一行为正好产生的实际后果对我们关于行为的“好”或“坏”的情感仍然具有一个非常巨大的影响，并且几乎总是加强或减弱我们对两者的感受。

仔细考察一下便会发现，在某一具体情况下，我们的情感很少完全是受那种法则控制的——尽管我们都承认情感应该完全受它的控制。

现在，对于这种人人都感觉到的、很少有人充分认识和无人愿意承认的感情上的不一致性，我要继续加以说明；并且将首先考虑引起它的原因，或天性产生这种不一致性所通过的途径；其次考虑它的影响程度；最后考虑同它相应的结果，或者造物主通过它所意欲表明的目的。

一、论命运对情感产生影响的原因

无论痛苦和快乐的原因是什么，或者它们是怎样产生的，它们都会在所有的动物身上立刻激起感激和愤恨这两种激情。无生命的和有生命的东西都会引起这两种激情。甚至在被一块石头碰痛的一瞬间，我们也会对它发怒。小孩会敲打这块石头，狗会对它咆哮，性情暴躁的人会咒骂它。确实，稍微思考一下就会纠正这种情感，并且不久就会意识到没有感觉的东西不是一个合宜的报复对象。然而，当伤害很大时，这个引起伤害的对象就会使我们一直感到不快，并且也会把焚烧它和销毁它引为乐事。我们应该如此对待偶然造成某个朋友死亡的器械，如果忘了对它发泄这种荒唐的报复的话，就常常会想到自己犯了这种缺乏人性的罪过。

同样，我们对给自己带来巨大或频繁欢乐的那些无生命之物，也会抱有某种感激之情。一个靠了一块木板刚从失事的船上逃生的海员，一上岸就用这块木板来添火，这看来是一种不合人情的行为。我们大概都希望他会像保存某种对他来说多少是心爱的纪念物一样，小心而满怀深情地保存这块木板。一个人对他那长期使用的鼻烟壶、削笔刀、拐杖，会逐渐增添爱意，并对它们怀有类似某种真正的热爱和钟爱的深情。如果他损坏或失去了它们，那么由此引起的烦恼同所损失的价值相比将会极不相称。我们对长期居住过的房屋、对长期享受其绿荫之趣的树木，都怀有某种敬意，似乎这种敬意是应该归于此举施恩者的。前者的腐朽、后者的毁灭虽然都不会使我们蒙受损失，但是会使我们忧郁不快。古代的林中仙女和护家神，即树木和房屋之神，可能就是由那些对此类对象怀有敬畏之情的作者首先提出来的。如果此类对象没有生命，这种感情就似乎是不合情理的。

但是，某一东西必须不仅是带来快乐或痛苦的原因，而且同样具有感觉它们的能力，才能成为合宜的感激对象或愤恨对象。缺乏这另一种性质，那些激情就不可能对它尽情地自我发泄出来。因为这些激情是快乐和痛苦的原因所激发出来的，所以它们的满足就存在于对引起它们的那些情感的回报之中；试图对没有感觉能力的对象作出回报是无的放矢。因此，把动物作为感激和愤恨的对象比把无生命之物作为感激和愤恨的对象更为合宜。咬人的狗和以角抵人的牛都要受到惩罚。如果它们成为某人致死的原因，那么除了杀死它们之外，公众和死者的亲属都不会满意。这不仅是为了生者的安全，而且多少是为了受到伤害的死者报仇。

相反，对主人们特别有用的那些动物，成了他们深切感激的对象。我们对《土耳其侦探》中提到的那个官员的残忍行为感到震惊——他刺杀了那匹曾驮着他横越海峡的马，唯恐它今后再以同样的冒险行动使别人名扬四海。

虽然动物不仅是带来快乐和痛苦的原因而且也能感觉到那些情感，但是它们仍然不足以成为感激和愤恨的完美的对象；那些激情依然感到：要使它们完全满足还缺少某些东西。感激之情渴望的不仅是让施恩者也感到快乐，而且是使他知道他是由于自己过去的行为才得到这一报答，使他为作出这种行为而感到愉快，使他满意地感到某人是值得他为之行善的。在我们的恩人身上，最使我们着迷的是他和我们之间情感上的一致，是他像我们一样看重我们品质的价值，是他对我们的尊敬。我们高兴地发现，某人像我们自我评价那样评价我们，并且如同我们自己一样把我们与别人区别开来。打算通过自愿给他报答达到的主要目的之一，就是在他身上保持这些令人愉快和满意的情感。慷慨之心常常鄙弃这种自私的念头，即通过缠扰不休地表示感激向其恩人强求新的恩惠。但是，保持和增加他对我们的尊重，是非常高尚的心灵并不认为不值得留心的一种利益。上面所作的表述的根据是，如果我们不能体谅我们的恩人的动机，如果他的行为和品质显得不配得到我们的赞同，那么，尽管他先前给了我们很大的帮助，我们的感激之情也总是会明显地减弱。我们不会对他的恩典感到高兴；要保持对这样一个差劲的或没有价值的恩人的尊敬，似乎也成了一桩不值得追求的事情。

相反，愤恨之情主要达到的目的，与其说是使我们的敌人轮到自己来感到痛苦，不如说是使他们意识到自己的痛苦来自他过去的行为，使他为那种行为感到悔恨，使他知道他所伤害的人不应该得到那样的待遇。使我们对伤害和侮辱我们的人勃然大怒的主要因素是：他对我们所抱的轻视态度，他那只顾自己不顾我们的、不合理的偏爱和荒唐的自私，由此他仿佛认为，别人随时可以为了他的便利或一时的兴致而作出牺牲。这种行为之中引人注目的不合宜性，夹杂其内的粗野无理和非正义性，常常比我们所遭受的全部不幸更令人愤慨和恼怒。使他恢复什么是他应当对别人做的这种比较正确的意识，使他感觉到他给我们造成的损失和做下的错事，这往往是我们的报复所欲达到的主要目的。当报复未达到这个目的时，它总是不充分的。当我们的敌人显然没有给我们造成伤害的时候，当我们认为他的行为完全合宜的时候——即处于他的境地我们也会干出同样的事，从而应该从他那儿得到全部不幸的报应——在那种场合，如果我们存有一点最起码的公正和正义之心的话，就不会产生任何愤恨之情。

因此，任何东西必须具备如下三个不同方面的条件，才能够成为完美的、合宜的感激对象或愤恨对象。首先，它必须在某一场合是快乐的原因，而在另一场合是痛苦的原因。其次，它必须具有感觉那些情感的能力。最后，它不仅产生了那些情感，而且必须是按照某种意愿产生出它们的，这种愿望在某一场合它为人所赞同，而在另一场合则为人所反对。由于第一个条件，每一对象都能激起那些感情；由于第二个条件，它在各方面都能对那些情感感到满足；第三个条件则不仅对那些情感的完全满足来说是必需的，而且由于它所引起的快乐或痛苦既剧烈又特殊，所以它同样成为激发那些激情的原因。

因此，由于以这种方式或那种方式引起快乐或痛苦的，仅仅是激起感激和愤恨的原因；所以虽然一方面某人的意愿可能是如此合宜和仁慈，或者在另一方面是如此不合宜和恶毒；但是如果未能产生他希冀的好事和罪恶的话，那就是因为在这两种场合都缺乏某种令人激动的原因，因此，在前一种情况下他很少得到感激，而在后一种情况下则很少被人愤恨。相反，虽然一方面某人的意愿中没有值得赞美的仁慈，另一方面其中也没有值得谴责的恶意，但是如果他的行为产生出重大的善果或重大的恶果的话，那么，由于在这两种场合都产生了那个激发人们感情的原因，在一种情况下就容易对他产生某些感激之情，而在另一种情况下就容易对他产生某些愤恨之情。在前一种情况下，他身上的“好”隐约可见；在后一种情况下，“坏”油然而生。并且，由于上述行为的后果完全处于命运的绝对掌握之中，于是命运就对人类有关“好”和“坏”的情感发生影响。

二、论命运对情感产生影响的程度

首先，这种命运影响所产生的后果是：如果由最值得称赞或最可责备的意愿引起的那些行为没有产生预期的效果，就会减弱我们对其“好”和“坏”的感觉；其次，如果那些行为偶然引起了极度的快乐或痛苦，就会增强我们对其“好”和“坏”的感觉，从而超过了对这些行为由以产生的动机和感情所应有的感觉。

(1) 首先，我以为，虽然某人的意愿一方面是如此合宜和善良，或者另一方面是如此不合宜和恶毒，然而如果它们未能产生自己的作用，那么，在前一场合，他的“好”似乎并不完美，在后一场合，他的“坏”也不齐全。这种不规则的感情变化不仅是受到某种行为结果直接影响的人感觉不到，甚至公正的旁观者也只能或多或少地有所感觉。为他人谋取某一官职而未如愿的人，被认为是他人的朋友，似乎应该得到他人的爱戴和喜欢。然而，一个不仅帮助他人谋取而且如愿以偿的人，更应该被认为是他人的保护人和恩人，并值得他给予尊敬和感激。我们往往认为，并可能多少公正地认为，那个被感激的人设想自己与前者相同。但是，如果他不感到自己不如后者，我们就不能体谅他的情感。确实，通常的说法是，对力图帮助我们的人和事实上帮了忙的人，我们抱有同样的感激之情。这是我们对每一个这种不成功的努力经常采取的说法；但是，犹如其他一切中肯的说法一样，这种说法必须被人们充分理解。一个慷慨的人对那个帮助自己未取得成功的朋友所抱有的情感，与对那个成功地帮助了他的朋友所抱有的情感近乎相同；这个人越是宽宏大量，这两种情感就越接近于精确无误。由于这种真诚的宽宏大量为那些他们自己认为值得尊敬的人所爱戴和尊重，较之他们所能期待那些情感带来的全部好处会产生更多的快乐，从而也会激起更多的感激之情，因此，如果他们失掉那些好处，他们似乎只是失去了一些微不足道的东西。不过，他们毕竟是失去了一些东西。所以他们的快乐和随之产生的感激之情当然不是十分完美的。因此，假设在助人失败的朋友和助人成功的朋友中间——其他一切情况都一样——甚至在最高尚和最优秀的心灵之中，会存在偏爱助人成功的朋友的某些感情上的细微差异。不仅如此，而且在这一点上，人类是如此不公平，以致人们虽然会得到他们希望得到的利益，但是如果它不是依靠某个特定的恩人得到，他们就有可能认为，对这个具有世上最善良的意图而未能进一步提供帮助的人无须多加感激。

在这种场合，给他们带来快乐的不同的人分享他们的感激之情，所以他们似乎对任何人都只需略表感激。我们听到人们通常说，这个人毫无疑问是想帮助我们，我们也确实相信他为此目的而竭尽其力。然而，我们并不因此而感激他，因为别人没有对此表示同意，他所能做的一切也不会导致这种利益。他们认为，即使在公正的旁观者的眼里，这种考虑也会减弱他们对施恩者所应怀有的感激之情。那个尽力造福于人而未能取得成功的人本身同样不会信赖他想施惠的人的感激之情，也决不会产生在他取得成功的情况下会产生的自己具有有助于别人的“好”的感觉。甚至对那些充分相信自己有能力造福于人的人来说，如果他们的才干和能力的“好”为某些偶然事件所妨害而未产生效果，这种“好”似乎也多少是不完美的。

那个遭到朝廷大臣的妒忌而未能在同祖国的敌人作战中取得巨大胜利的将军，事后一直悔恨战机的丧失。他的悔恨并不只是为了民众，而是痛惜未能完成一个不仅在他看来，而且在其他人看来都将使自己声名增辉的行动。下述想法不能使他满意，同样也不能使别人满意，那就是：计划或谋略全部有赖于他的才能；完成它并不需要具备比设定它所必需的更大的能力；而且只要容许他以各种可能采用的方法来完成它，准许他继续干下去，成功是毫无疑问的。他毕竟未能完成自己的计划和谋略；虽然他或许会因为拟定一个宽仁而又伟大的作战计划而得到各种嘉许，但是他仍想表现完成一个伟大行动时才能实际表现出来的“好”。在某个人几乎要把公众所关心的某种事办成功时，削弱他办事的权限被认为是最可恨的不义行为。我们认为，由于他已经做了那么多的努力，应该就这件事情的完成给他记大功。庞培在卢库卢斯取得胜利时当选为执政官，并把那些应属他人的幸运和勇敢的荣誉集于己身而遭人反对。据说，当卢库卢斯未获准完成那一征服战争的时候，甚至他的朋友也认为他的荣誉似乎是不完美的。卢库卢斯的行动和勇气已把这个战争推进到几乎任何人都能将它结束的地步。如果一个建筑师的设计根本没有付诸实施，或者这些设计被稍许改动以致减损建筑物的效果，他就会感到羞辱。然而，设计完全是建筑师的事。对于行家来说，如同在实际施工中一样，在设计中也充分表现出他的天才。不过即使对最富有才智的人来说，设计也并不给他带来同建成一座辉煌壮丽的建筑物一样的快乐。在这两种情况中，他们都可以表现出同样的鉴赏力和天才。但是，效果却大相径庭：从前者得到的乐趣有时比不上由后者引起的惊奇和赞美。我们相信许多人的才能要高于恺撒和亚历山大；相信他们处于同样的环境中会作出更伟大的行动。然而，我们并不以惊奇和赞美的眼光来看待他们。在所有的时代和国家里，人们都会以这种眼光来看待上述两位英雄，发自内心的冷静的评价可能使我们更加赞赏他们，但是他们却缺少伟大行动的光辉来激起这种赞赏。卓越的品德和才干并不会产生同卓越的业绩一样的效果，即使是对承认这种卓越品德和才干的人也不会产生同样效果。在忘恩负义的人的眼里，恰如想行善而未成功的人的“好”似乎会因失败而缩小一样，企图作恶而未成功的人的“坏”同样也会缩小。某种犯罪的图谋，无论被证实得如何清楚，也从来不会像实际犯罪那样受到重判。或许，叛逆罪是唯一的例外。那种罪行直接影响政权本身的存在，当局对它当然要比对其他任何罪行更加小心地加以提防。在处治叛逆罪时，君主所愤恨的是它直接危害他本人；在判处其他罪行时，君主所愤恨的则是它危害别人。在前一种场合，他所发泄的是自己的愤恨；在后一场合，他的愤恨只是由于同情从而体谅自己臣民的愤恨而产生的。因此，在前一场合，由于他是为了自己而处罚罪犯，所以他所做的判决很容易比公正的旁观者所能同意的更为严厉和残忍。这里，在叛逆罪较轻的情况下，他也会发怒，而且像在其他情况下那样，他总是不能等到罪行发生，甚至不能等到作出犯罪尝试就勃然大怒。一次图谋叛逆的商议，甚或只是一种叛逆的企图，只是一次叛逆的谈话，虽然没有采取什么行动，但是在许多国家内都要受到同犯下实际叛逆罪一样的惩罚。至于只是有所图谋而未予尝试的其他一切罪行，根本不会得到什么惩罚，更谈不上处以重刑。可以这样说，确实没有必要设想犯罪的图谋和犯罪的行为是同样的邪恶行为，因此不应使它们遭到同样的惩罚。也可以这样说，当事态发展到紧要关头时，我们能够做成许多自己感到全然无法完成的事情，甚至能够采取各种措施来完成它们。但是，当叛逆的图谋已经发展到进行最后尝试的程度时，这个理由就不能成立。虽然几乎没有一个国家的法律，会将一个用手枪向他的仇人射击而未击中对方的人判处死刑；根据苏格兰古老的法律，即使那个人击伤了对方，如果后者不在随后一定时期内死亡，前者也不应被判处死刑。可是，人们对这种罪行的愤恨之情是如此强烈，对那个表明自己会犯这种罪行的人的恐惧又是如此之大，以致在所有的国家里只是企图犯这种罪行的人也会被判处死刑。对于企图犯较小罪行的人几乎总是从轻判处，有时根本不加处罚。那个小偷在把手伸进邻人的口袋行窃之前被人当场抓住，对他的惩罚只是使他丢脸。如果他有时间偷走一块手帕，就会被处以死刑。非法侵入他人住宅的人，在邻人的窗前置放梯子、尚未进去就被人发觉，不会被处死。企图强奸妇女的人不会受到像强奸犯那样的惩罚。虽然诱奸妇女要受到严厉的惩罚，但是企图诱奸一个已婚妇女的人却简直不会受到惩罚。我们对只是企图造成危害的人所怀的愤恨，很少会强烈到使我们为使他受到跟实际造成危害的人相同的惩罚而出庭作证。如果他真的做了那件坏事，我们就认为他应该受到那种惩罚。在前一种情况下，我们随着判决而来的高兴减轻了对他的残暴行为的感受；在后一种情况下，我们对有人遭到不幸感到的痛苦增强了对他的残暴行为的感受。但是，在两种情况下，因为他的意图同样是罪恶的，所以他实际存在的“坏”无疑是一样的。因此，在这一方面，所有人的情感中都存在着一种不规则的东西，并且，我相信，一切最文明的国家的法律同一切最野蛮的国家的法律一样，有一种必然的减刑条例。

无论什么地方，文明人自然的愤怒不会因罪行的后果而增强，他们从仁爱出发有意免除或减轻惩罚。相反，当某种行为并未发生实际后果时，野蛮人对它的动机往往不很敏感或追根究底。

那个出于激情或受坏伙伴的影响决意犯罪，或许已为犯某种罪行采取一些措施，但幸运地为某一力所不及的偶然事件阻止的人，如果他良心尚存，就确实会在今后的生活中把这一偶然事件看成是对他自己的一个重大而明显的解救。他会不无感激地想到，神曾经如此仁慈为怀地将他从正要深陷下去的罪恶之中挽救出来，并使他在有生之年不致满怀恐惧、自责和悔恨。虽然他并未犯罪，但是同样感到内疚，好像他实际上犯下了曾下很大决心去干的那桩罪行。虽然他知道并不是因为自己善良而没有犯罪，但是想到罪行并未发生，这还是给他带来很大的安慰。他仍然认为自己不应该受到多大惩罚，招致多大的愤恨。这种幸运或者减弱了或者消除了他的一切有罪感。回想起自己曾对这一罪行下了那么大的决心，他感到没有其他结果能比这更使他把免于犯罪看作重大而又不平常的奇迹。因为他仍然想象自己已经免于犯罪，并且抱着那种恐惧心理（处在安全之中的人有时可能抱着这种心理回想起自己曾处于灾难边缘这种危险境地）回顾他那平静的心灵所面临过的危险，一想到这一点，他就胆战心惊。

（2）这种命运影响的第二个后果是：当行为者的行为偶然引起我们过分的快乐或痛苦时，除了由行为的动机或感情造成的后果之外，还会增强我们对行为“好坏”的感受。但是，那种行为令人愉快或令人不快的结果虽然在行为者的意图中没有值得称赞或责备的东西，或者至少没有达到值得我们加以称赞或责备的程度，它还是经常会给行为者的“好坏”投上某种影像。因此，甚至带来坏消息的报信者也会使我们感到不快；相反，我们对带来好消息的人会产生某种感激之情。

在一瞬间，我们把这两者看成是我们命运好坏的根源，多少带着这样的眼光来看待他们，仿佛他们真的造成了这一结果，实际上他们只是报告这个结果而已。最早给我们带来愉快消息的人自然成了暂时的感激对象：我们热烈而满怀深情地拥抱他，在感到幸运的瞬间，像得到了某些重大的帮助那样，高兴地给予报答。根据各个朝廷的习惯，带来胜利消息的官员有资格得到引人注目的擢升，因而在外作战的将军总是挑选一个他最中意的人去充当这一美差。相反，最早给我们带来悲伤消息的人正好自然地成了暂时的愤恨对象。我们不可避免地带着烦恼和不安的神情打量他；粗暴无礼和不讲道理的人往往向他发泄他的消息所引起的愤怒。

亚美尼亚国王提格兰①则砍掉了那个最早向他报告令人生畏

① 提格兰二世（？—前56），亚美尼亚历史上最伟大的统治者。

的敌人已经逼近消息的人的脑袋。用这种方式来处罚带来坏消息的人，看来是野蛮残忍和毫无人性的；然而，报答带来好消息的人却不会引起我们的不快；我们认为这对于国王的恩典来说是合适的。但是，既然前者没有什么过失，后者也没有什么“好”，为什么我们的做法会如此不同呢？这是因为，任何一种理智好像足以使我们允许别人流露友好仁慈的感情；但是要我们对别人发泄不友好的、狠毒的感情表示同情却需要具有极其坚强的、丰富的理性。

除非那个邪恶和不义的个人意图直接针对它们的合宜对象，虽然我们一般不愿意谅解不友好的、狠毒的感情，主张规定决不应该允许这些感情发泄，但是在某些场合，我们还是会放宽这种严酷的要求。当一个人因疏忽而对别人造成某些新的损害时，我们通常只要谅解受害者的愤恨，就会赞成他对冒犯者所施加的惩罚，大大超过那个没有因此带来这种不幸后果的冒犯者或许应该得到的惩罚。

某种程度的疏忽，虽然没有对任何人造成损害，似乎也应该受到某种惩罚。

所以，如果某人事先没有警告可能通过的行人，就把一块大石头抛过墙头落在马路上，而自己并不注意那块石头可能落在什么地方，他就无疑应该受到某种惩罚。

即使它没有造成什么危害，一个忠于职守的警察也将处罚这种荒唐的行为。那个干出这种坏事的人对别人的幸福和安全表现出一种蛮横无理的轻视态度。他的行为实属对别人的侵害。他肆无忌惮地使旁人面临着一种神志清醒的人所不愿面临的危险，显然，他缺少那种应当正确地对待同伴的意识——这是正义和社会的基础。因此，从法律的角度来说，严重的疏忽和恶毒的图谋几乎相等。当这种粗心大意产生某种不幸的后果时，干了这种坏事的人经常要受到惩罚，仿佛他真的有意造成那些后果；他那轻率和无礼地作出的、应该受到某种惩戒的行为，被看成了残暴的、应该严加惩处的行为。因此，如果他由于上述轻率行为而意外地砸死人的话，那么，按照许多国家的法律，特别是苏格兰的古老法律，他就会被处死。

虽然这种处置无疑是太严重，但是它并不全然违背我们的天然情感。对不幸的受难者的同情激起了我们对他那愚蠢而缺乏人性的行为的正当的愤怒，可是把只是不当心地把石块丢到马路上且未伤人的人送上断头台，会比任何事情都更加沉重地打击我们天生的公正意识。然而，在这种情况下，他那愚蠢和缺乏人性的行为并未改变；而我们的情感却大不相同。这种不同的考虑会使我们相信，甚至旁观者也会被那种行为的实际后果激起巨大的愤怒。如果我没有弄错的话，在几乎所有的国家的法律中都可以看到对此严加惩处的规定；如前所述，在相反的情况下，按照法律一般可以从宽处罚。

另一种程度的疏忽并不涉及任何非正义的行为。犯这种错误的人待人如待己，他无意伤害别人，也决不对别人的安全和幸福抱无礼的轻视态度。然而，他的行为不像应有的那样小心和谨慎，由此应该受到一定程度的责备和非难，但不应该受到任何惩罚。但是，如果他的这种疏忽引起了对他人的某种伤害，那么我相信所有国家的法律都要责成他赔偿。虽然这无疑是一种真实的惩罚，但是不会有人想到对他施加死刑；虽然这种惩罚并不是因为他的行为引起了不幸的意外事件而施加的，但是人们的天然情感都赞同这种法律裁决。我们认为，最为合理的是：一个人不应为另一个人的粗心所害；这种疏忽所造成的损害，应该由造成这种损害的人来赔偿。

还有另一种疏忽，它只存在于对我们的行为可能产生的各种后果缺乏使人深为不安的疑虑和谨慎之中。在没有坏结果随之而来时，人们绝不认为缺乏这种高度的谨慎是应该受到责备的，而认为这种品质倒是应该受到谴责的。对什么事情都胆小谨慎从来不被认为是一种美德，而被看成是一种比其他东西更不利于行动和事业的品质。然而，当某人由于缺乏这种过分的小心，碰巧对别人造成损害的时候，法律常常要强制他赔偿损失。例如，根据阿奎利亚的法律，因不能驾驭一匹突然受惊的奔马而恰好踩倒了邻居家的奴仆的人，也必须赔偿损失。当此类偶然事件发生时，我们容易认为他不应该骑这样一匹马，并且认为他试图骑这匹马也是不可原谅的轻率之举。虽然没有这一偶然事故，我们不仅不会做出这样的反应，而且会认为他拒绝骑这匹马是胆怯懦弱的表现，是对某种只是可能发生但无须多加小心的事情心存疑虑的表现。那个因某一这类意外事件而偶然伤害了别人的人，他自己似乎也感到自己的过失应该受到责罚。他自然地奔向受难者，向他表示自己对所发生的事件的关切，并以各种方式表示谢罪。如果他有理性，就必定想赔偿这个损失，并且尽其所能来缓解受害者的强烈愤怒。他意识到受害者心中容易产生这种愤恨，不道歉、不作赔偿会被认为是一种极为野蛮的行径。然而，为什么要他道歉而其他的人却大可不必呢？既然他同其他一切旁观者一样清白无辜，为什么偏偏要他对别人的不幸负责呢？这件难事确不应该强加于他，甚至公正的旁观者也不会对其他可以认为是不正当的愤恨表示某种宽容。

三、论情感变化无常的最终原因

行为好坏的结果，对造成这些结果的人和其他人的情感发生的影响就是如此；这样，左右世人的命运就在我们最不愿意让它发生作用的地方施加它的影响，并在某种程度上使人们产生有关自己和别人的品质和行为的情感。人们历来抱怨世人根据结果而不根据动机作出判断，从而基本上对美德失去信心。人们都同意这个普通的格言：由于结果不依行为者而定，所以它不应影响我们对于行为者行为的“好”和合宜性的情感。但是，当我们成为特殊的当事人时，在任何一种情况下都会发现自己的情感实际上很难与这一公正的格言相符。任何行为愉快的和不幸的结果不仅会使我们对谨慎的行为给予一种或好或坏的评价，而且几乎总是极其强烈地激起我们的感激或愤恨之情以及对动机的“好坏”的感觉。

然而，当造物主在人们心中撒下这种情感变化无常的种子时像在其他一切场合一样，她似乎已经想到了人类的幸福和完美。如果单论伤人的动机，狠毒的感情便是激起我们愤恨的原因，那么，如果我们怀疑某人有这种动机和感情，即使他没有将其付诸行动，我们也会感觉到对他的全部愤怒之情。情感、想法和打算都将成为惩罚的对象；而且，如果人类对它们的愤怒达到同对行为的愤怒一样强烈的程度，如果没有产生任何行为的卑鄙想法在世人心中同卑鄙行为一样会唤起复仇之心，那么每个法庭便将成为真正的审理之所。毫无恶意和小心谨慎的行为，也将无安全可言。人们仍然会猜疑它们出自不良的意愿、不良的目的和不良的动机；并且，当它们激起同不良的行为所激起的一样的愤怒时，在不良的意图和不良的行为一样遭人愤恨时，人们同样会面临惩罚和愤恨。因此，造物主把实际犯罪和企图犯罪的行为以及使我们对它产生直觉的恐惧心理的行为，都变成了人们惩罚和愤恨的唯一合宜和赞同的对象。虽然情感、动机和感情来自人们根据冷静的理性而获得全部“好”或“坏”的行为之中，但是内心的伟大法官还是把它们置于人类的各种法律限制之外，并把它们留给自己那不会误判的法庭来审理。

因此，在最初看来是荒唐的和不可解释的人类有关“好”或“坏”的这个有益而有用的感情变化的基础上产生了有关正义的必要法则，即在这个世界上，人们不应为他们所具有的动机和打算而受到惩罚，而只应为他们的行为而受到惩罚。但是，如果我们仔细观察，就可以看到，每一种人性都同样地证实了造物主的深谋远虑；即使在人们的弱点和愚行方面，我们也会钦佩神的智慧和仁慈。

情感的不规则变化不是完全没有作用的。由于这种变化，帮助别人而未成功的企图中的“好”和纯粹良好而又仁慈的意愿中的“好”显得并不完美。人是倾向于行动的，并且尽其所能地促进自己和别人所处的外部环境的如下变化，即：它似乎能够最有利于一切人的幸福。他必定不满足于消极的善行，也不把自己想象成人们的朋友，因为他在内心深处更希望有助于世界的繁荣。造物主教导他：为了达到他欲促其实现的目的，可能要全力以赴，除非他实际上达到这些目的，否则自己和别人都不会对他的行为感到十分满意，也都不会对他的行为给予最高度的赞扬。造物主使他明白：赞扬缺乏善意的行为，几乎不能激起世人最大的、甚或他自己的最高度的赞扬声。那个除其全部谈吐举止表现出最正直、最高尚和最慷慨的感情以外，没有完成一次重要行为的人，即使他的无用或许只是因为缺少帮助别人的某个机会，也可能没有资格得到很大的报答。我们还可以拒绝给他这种报答而不受谴责。我们还可以问他：你干了些什么呢？你干了些什么实实在在的好事使你有资格获得这么大的回报呢？我们尊敬你，爱戴你；但是并不对你欠下什么。真的去报答具有只是由于缺少助人机会而没有发挥作用的那种潜在美德的人，并给予荣誉和晋升，虽然这在某种意义上可以说是应该的，但不能说一定是合宜的，荣誉和晋升是非凡善行的结果。相反，在没有犯罪的情况下，仅仅因为内心的感情而施加惩罚，这是最粗野和残忍的暴行。如果仁慈的感情在拖延了很久之后才付诸行动，那也应该得到高度的赞扬。相反，狠毒的感情化为行动几乎不会过分迟缓或多加考虑。

值得注意的是：对肇事者和受害者来说，无意之中干下的坏事都应被看成是一种不幸。因此，造物主教导人类：要尊重自己同胞的幸福，唯恐自己会做出任何可能伤害他们的事情，哪怕这是无意的；如果他无意中不幸地给自己的同胞带来了灾难，他就会担心自己所感到的那种强烈愤恨会冲自己突然爆发出来。在古代未开化的人的家教中，奉献给某神的圣地，只是在一些庄重和必要的场合才准予踩踏，而且，即使出于无知而违反上述规定的人，从践踏圣地时起就成了一个赎罪者，在他完成合适的赎罪行为之前，他将遭到执行这一规定的法力无边而肉眼看不见的神的报复。所以，为了每个清白无辜者的幸运，可以借助于造物主的智慧，同样地划出神圣的供祭神用的圣地，并用树篱围起来防止人们接近。这样，在没有索取同这个无意违反者的地位相应的补偿和赎罪物的情况下，也不会发生任意践踏的现象，也不会发生任何出于无知而不是出于本意的违反规定的现象。

富于人性的人在无可责备的疏忽中意外地造成了别人的死亡，虽然没有犯罪，他还是感到自己是一个赎罪者。在一生中，他把这一事故看成是可能落到自己身上的最大不幸。如果受害者的家境贫困而他自己尚过得去，他就会立即把赡养受害者家属的责任承担起来，并认为他们无须什么“好”就有资格得到一切恩惠和良好的待遇。如果受害者的家境尚可，他就会以各种认过之举，以各种悲伤的表示，以为他们做自己所能想到的或他们所接受的各种好事，来补偿他所造成的损失并尽可能地安抚那些家属。对因他的过错而产生的愤恨之情来说，这种过错虽然是偶然的，然而是巨大的；这种愤恨或许是自然的，却无疑是极不公正的。

某个清白无辜者由于某一偶然事件造成了一些过失，如果这是他自觉地和有意地造成的，他就会公正地受到最严厉的指责。此人所感到的痛苦曾引出古代和当代戏剧中最精彩和最吸引人的几幕。正是这种虚构的罪行场面——如果我可以这样称呼的话——构成了古希腊戏剧中的俄狄浦斯和伊俄卡斯忒[①]的全部不幸，构成了英国戏剧中的蒙尼米亚和伊莎贝拉的全部不幸。虽然他们之中没有人犯下极轻微的罪行，却成了最大的赎罪者。

然而，尽管这一切看来是情感的不规则变化，但是如果一个人不幸地犯下了那些他无意犯的罪行，或未能成功地实现他有意做的好事，造物主也不会让他的清白无辜得不到一点安慰，也不会让他的美德全然得不到什么报答。那时，他会求助于那正确而又公平的格言，即：那些不依我们的行为而定的结果，不应减少我们该得到的尊敬。他唤起心中全部的高尚感情和坚定意志，尽量注意自己不要以现在的面貌而以应有的样子出现在人们的眼前，他要人们看到他那慷慨的意愿最后得到成功，即使人们的感情都很正直和公正，甚或同自己全然一致。一部分很正直和富于人性的人，完全赞成他按自己的观点来激励自己所作的努力。

他们以心灵中的全部高尚而又伟大的情感去矫正自己心中的人性的不规则变化，并努力以相同的眼光来看待自己那没有获得成功的高尚行为，即使在没有作出任何这样大的努力的情况下获得成功，他们也会自然而然地倾向于用这种眼光来思考问题。

蒋自强　译

① 伊俄卡斯忒，即俄狄浦斯所娶先王之妻，实为其母。

对个人命运的目的性所作的超验思考

[德] 阿尔图尔·叔本华

阿尔图尔·叔本华(Arthur Schopenhauer 1788—1860),德国哲学家、散文家,曾任柏林大学教授,重要著作有哲学论著《作为意志和表象的世界》《论意志的自由》《论道德的基础》和散文集《附录与注释》等。

本文是叔本华的著名论文,通常简称为"论命运",此处的题目是德文原名的直译。

叔本华的哲学被称为"悲观主义的唯意志论",即认为:意志,或者说"意欲",是构成这个世界一切事物内在的、真正的核心;我们所看见的自然界中的物质(包括人、动植物、无机体等)都是基本生命力、自然力,亦即意欲的载体;丰富多样的现象世界是意欲在各个级别客体化的结果;人类则是意欲最高级别的现象;人的智力是派生的,是为盲目的意欲配备的、帮助其生存和发展的工具,在本质上和动物的爪、牙、翼没有区别。简言之,叔本华认为人的"意欲"和"智力"是人类生存的两个基本要素;因此,两者的本质及其相互关系也就是他的哲学所要解答的核心问题。

在本文中,叔本华将意欲比喻为我们所有人的人生大梦的总导演——这场大梦包括人、外在事件及其相互间的联系。一切都被一条看不见的线绳有条不紊地组织、协调、贯穿起来，而具体实施、进入我们意识的“所有发生的事情都遵循着严格的必然性”这一客观规律。前一种情形由看不见的机缘巧合组成，其本质“超乎人的理解力”（因而被称为“命运”）；后一种情形则是可被实证、能为人类所认识的事物发展因果律所致——两者并行不悖，后者是前者的显现而已。总之，意欲虽存在于人的内心，却不为人所控制；相反，是意欲左右着人的行为——这就是每个人的“命运”。

那么，这种“个人命运的目的性”何在？或者说，人为何要有这种“命运”？这就是他在本文中所要探讨的，相信读者读完本文后定会知晓。在此仅提示一下：叔本华所说的“意欲”和“智力”，类似于弗洛伊德所说的“本我”和“自我”或者“无意识”和“意识”；所以，如果对弗洛伊德精神分析学有所了解，也就不难读懂本文。实际上，叔本华若不是弗洛伊德的唯一先驱，也至少是先驱之一。

偶然性在生活中没有位置，统治着生活的是和谐与秩序。

——波洛提努斯①

我在这里向各位传达的思想不一定会引出某个实在的结果，其实，我或许只能把这些思考称为形而上学（玄学）的梦幻想象。尽管如此，我仍然无法下定决心把这些思考置之脑后，因为这些思考对于不少人来说是受欢迎的，至少可以让思考过这方面问题的人对照一下自己的想法。不过，这些人应该记住：在下面的讨论中，一切都是无法确定和充满疑问的，不仅对论题的解答

① 波洛提努斯（前269—前203），古希腊哲学家。

是这样，甚至这一论题本身也是如此。在本文中，我们不能期待能够得到任何明确的解释，而只能指望对一些晦暗模糊的事物的关联稍加梳理而已——这些事物关联在我们的一生中，或者当我们回顾一生时，曾经不由自主地进入我们的头脑。我们对这一论题的思考和我们在黑暗中的摸索相差无几：在黑暗中，我们注意到了某样东西，但这东西究竟是什么，它在哪里，这些我们都不甚了了。在对这论题的讨论中，如果我有时采用了某种肯定的、甚至是权威说教的语气，那么，我就在这里作一次性的说明：那是因为反复用怀疑、猜想的语气说话会使人觉得啰唆、乏味，而这是需要避免的。总之，读者不要对我说话的语气太过认真。

确信某种天命的主宰，或者相信在冥冥之中有某种超然的东西驾驭着我们每一个人一生中的大小事情——这在各个年代、时期都极为普遍和流行，甚至那些对迷信感到厌恶的思想家，有时也会对这定命的说法深信不疑，而这跟任何既定的教义完全无关。反对这种信念的首先是这样的事实：这种信念就如其他所有信奉神祇的信仰一样，并不出自于"认识"，而只是"意愿"（或"意欲"）的产物；也就是说，它首先是我们的思想贫乏的产物。这是因为那本来只应由认知所提供的、构成这一信念的素材，其源头可能是这样一个事实：虽然偶然和变故无数次使我们事与愿违，但事情的最终结果有时却是对我们有利的，或者是间接地使我们得到极大的好处。在诸如此类的情形里，我们认出了冥冥之中的命运之手，尤其当命运无视我们的见解，甚至以我们讨厌的方式引领我们踏上幸运之途时，我们就更能清楚地看到它的作用。这样，我们就会说："虽然我的船触礁了，但旅途总算一帆风顺。”我们自己的选择和命运的引领可谓泾渭分明，我们可以感觉到后者更胜一筹。因此，当我们偶然遭遇逆境时，我们就会用这样一句经常被证明是千真万确的话来安慰自己：“这或许是好事情呢，谁知道?”这种看法其实源自这一观点：虽然偶然统治着这一世界，但错误却也是它的统治伙伴，我们既臣服于前者，也同样受制于后者。现在在我们看来是不幸的事情或许正是一件大好事。这样，在我们避过了偶然，转而求助于错误时，我们也只是逃离了一个世界暴君的打击，却投向了另一个作弄人的暴君。

除了上述这一点以外，把纯粹明显的偶然事件视为带有一定的目的确实是一个大胆无比的想法。不过，我相信每个人都会在其一生中至少一次曾经明确地产生过这一想法。在一切种族和一切信仰里面，都可找到这种思想，虽然在穆罕默德①的信徒中，这种思想至为明确。这一思想可以是至为荒谬或者至为深刻——这视我们对这一思想的理解而定。虽然支持这一思想的事例有时候相当明显和有力，但反驳这些事例的意见始终是：如果偶然性从不曾作用于我们的事务，那可才真的是一大奇迹呢——在这一方面偶然性与我们的理解力和见解一样发挥着作用，它甚至能发挥更大的作用呢。

发生的一切事情都遵循严格的必然性而发生。这是一个先验的、因而是一个颠扑不破的真理。在此我把它称为可论证的定命主义。在我的《论意欲的自由》的获奖论文里，我表明了这一

① 穆罕默德，伊斯兰教创始人。

真理。它是我在那篇文章中经过探讨、思考以后得出的结果。这一真理也得到了现实和后验的证实，材料来自这些再也毋庸置疑的事实：催眠、个别人所具有的预见幻觉，还有我们那些甚至直接和精确地预兆了将来事件的睡梦①。能够证实我的这一理论——一切事情的发生都遵循着严格的必然性——的最突出的现实例子，就是人的“预见幻觉”。因为某些人具备“预见幻觉”的缘故，我们目睹通常很早之前就被预言了的事情按照预言的样子准确发生，还有那伴随发生的情形都跟预言准确吻合。我们甚至故意想出种种办法阻挠预言中的事情发生，或者至少在某些附带细节上使事情的发生不尽如预言的样子。这些努力总是徒劳无功，阻挠这些事情发生的努力总是正好促成了这些事情的发生。在古代的历史和悲剧作品中，也发生了同样的情形，神谕或睡梦所预兆的灾难正是由于人们采取防范措施而促成。从众多的例子当中，我只需引用俄狄浦斯王和希里多德第一本书中的克拉芬和阿德拉斯图斯的优美故事。与这些例子相符的还有由值得信赖的本德·本森提供的有关凭“预见幻境”预言的例子——它们登载于基撒编写的《催眠术》第八卷第三部分（尤其是第四、十

① 1852年12月2日的《泰晤士报》，登载这样一篇司法报告：在格罗卓斯特郡的纽温特，法医吕乐格夫对一个名叫马克·赖恩的男人进行了尸体检查。马克·赖恩的尸体是在水中被发现的。死者的兄弟是这样陈述的：在听到自己兄弟马克失踪的消息以后，我就马上回答说：他溺水死了，因为在昨天晚上我梦见自己站在深水里，并且试图把他从水中拉起来。接下来的晚上，我又梦见我的兄弟在奥森荷尔的水闸附近溺水身亡，一条石斑鱼在我身旁游弋。第二天早上，我和另一个兄弟来到了奥森荷尔。在那里我们看见了在水中的一条石斑鱼。我马上就认定我们的兄弟一定在水里面。我们确实就在水中找到了马克的尸体。因此，像在水里的一条石斑鱼这样一件刹那间的事情，在数小时之前就分厘不差地被预见到了！——作者原注

二、十四、十六的例子）以及容·史蒂林的《预兆的理论》。如果预言能力更为常见而不是像现在这样稀罕，那么，无数被预见到的事情就会准确无误地发生，证实这一真理——事情的发生总是遵循严格的必然性——不容否认的事实证据就会普遍存在，每个人就都可以接触它们。这样，人们就再也不会对这一事实产生怀疑：虽然事情的发展看上去是纯粹的偶然所为，但归根到底，事实却不是这样；相反，所有的那些偶然本身都被一种深藏不露的必然性所完全控制，那些偶然本身只是这种必然性所采用的手段而已。能够一窥这其中的奥秘就是自古以来所有占卜术努力争取的事情。

从上述那些有事实根据的预见将来的事例，自然可以引出这样的结论：所有的事情不仅遵循着完全的必然性而发生，而且，这些事情的发生从一开始就以某种方式注定了，成为客观上确定下来的东西，因为这些事情在预言者的眼里已经是此刻存在的事情了。尽管如此，我们仍然可以把这种情形归于因为因果链的发展所必然导致的事情。不管怎么样，这种认识，或者观点——认为所有发生的事情所根据的必然性并不是盲目的，亦即确信我们的人生历程既是必然的，同时也是有着计划安排的——所有这些，都是更高一级的宿命论。这种宿命论不像一般的宿命论那样可以简单地说明或者证明。不过，我们每一个人或许迟早都会在某一段时间里有过或者从此永远认定了这种宿命思想，这视一个人的思想方式而定。我们可以把这种宿命论称为“超验的宿命论”，以把它从那种普遍的、可被明示的宿命论区别开来。“超验的宿命论”不像后者那样得自于确切的理论性知识，或者必要的调查研究——因为这些工作几乎无人能够胜任。我们只是在人生进程中逐步得出这一认识。在人们经历的事情当中，某些事件的发生特别引人注目，一方面，这些事件与当事人尤其贴切吻合，我们在这里面看到了一种道德的或者内在的必然性所留下的印记；另一方面，我们也看到了一种外在、纯属偶然的明显痕迹。这类事情的频繁发生就使人们得出了这一观点，它通常还会演变成这样一种确信：一个人的人生历程，无论从表面上看是如何的杂乱无章，其实却是一个自身协调与和谐的整体；它有着某一确定的发展方向，也包含某一给人以启迪的意义——人的一生简直就是一部构思极尽巧妙的史诗①。不过，一个人从自己一生中获得的启迪教训也只唯一与他的个体意欲有关，而他的个体意欲归根到底也就是他的个体错误而已。这是因为我们并不能从世界历史中找到规划和整体，就像哲学教授手中的哲学所告诉我们的那样，而只有在个人一生中才能看到这些东西。事实上，民族只存在于抽象之中；只有个人才是真实的。所以，世界历史并没有直接的形而上的意义；它其实只是偶然形成的形态。在此我提醒读者参阅我在《作为意欲和表象的世界》第一卷对这一问题的论述。因此，在个人命运的问题上，许多人都会形成超验宿命论的看法。并且，只要人们度过了生命中相当长的一段时间，对自己的生活仔细检查一番，那么，或许每一个人都会在某个时候产生这种超验宿命论的看法。的确，当一个人回顾自己人生历程

---

① 如果我们在脑子里仔细回想许多过去的情景，就会发现其中的所有事情似乎早被事先安排好了，就像一部小说里面计划得有条不紊的情节一样。——作者原注

中的细节时，自己一生中所发生的一切有时候显得像早就安排好了似的，而出现过的人物就犹如在一部戏里循例登场的演员而已。这一超验宿命论不但包含不少慰藉的成分，而且或许还有许多真实的东西。因此，在各个时代，这一思想甚至成为人们宣讲的信条[①]。在这里，有必要提及一段完全不带偏见的证词，它出自一个年逾古稀、饱经世故的宫廷大臣。九十岁的涅布尔[②]在一封信里写下了这一段话："经过仔细观察，我们就会发现许多人的一生都有某种的规划——这一规划通过人们的自身天性或者通过外在的情势得以实施；这种规划就好像预先就被细致地确定了下来。尽管人们的生活状态起伏不定和变化多端，但到了人生的最后，我们看到的是一个统一体——这里面有着某种确切的和谐一致。虽然某一确切的命运在隐秘地发挥着作用，但这命运之手仍然清晰可辨；外在影响或者内在冲动伴随着它而动，甚至相互矛盾的原因都常常结合起来向着这命运之手的方向活动。不管人生进程如何迷惘、混乱，动机和方向总会显示出来。"（《涅布尔的文学遗著》，第二版，1840，第三卷，452 页）

我这里所说的每个人一生中的某种规划性，可以部分地从一

① 我们的行为和我们的人生轨迹都不是自己的作用所致，我们的本质和存在才是自己一手造成的，虽然无人会作如是观。理由就是我们的本质和存在，加上那根据严格因果关联而出现的情境和发生的外在事件——在这基础上，我们的行事和人生轨迹就会遵循着绝对的必然性而产生。在一个人诞生的时候，这个人将来整个一生的轨迹，直至每一个细节，都已经无法挽回地被确定下来了。因此缘故，当催眠者发挥出他的最强能力时，能够精确地预言一个人的一生。当我们思考和评价我们走过的人生道路，做过的事情和承受过的痛苦时，应该牢记这一伟大和确切的真理。——作者原注

② 卡尔·路德维希·涅布尔（1744—1834），魏玛宫廷大臣，作家、翻译家。

个人与生俱来的、呆板如一的性格得到解释；这一性格始终把一个人拉回到同样的轨道上去。每个人都可以直接和准确地认出与自己的性格至为吻合的东西；一般来说，他根本不是在清晰的思维意识中认出这些东西，他只是直接地、就像本能一样地循着自己的性格行事而已。只要这种认识没有进入清晰的意识就径直化为行动，那就与马绍尔·荷尔[①]的条件反射行为相差无几。由于这一特性，每个人都会追求和抓住适合自己个人的东西，他甚至无法向自己解释清楚为何会这样做；他这样做既非受到外在的影响，也不是由于自己的虚假观念和偏见所致，情形就像在沙滩上被阳光孵化的水龟：它们破壳以后马上就会径直向海里爬去——这时它们甚至还没有发现海水的能力。所以，这是我们内在的罗盘，一种神秘的冲动——它引导我们准确地走上那条唯一适合我们的道路。不过，也只有当一个人走完了自己的人生之路以后，他才会发现这条道路始终如一地通往同一个方向。但是，与外在环境所发挥的巨大力量和强烈影响相比，仅仅这种内在的牵引又似乎并不足够；在这里，在这世上最重要的事情，亦即人们经过这许多的忙碌、折磨和痛苦之后才换来的人生过程，其受到的另一半指引，亦即来自外在的指引，竟出自其实是盲目的偶然性之手——这偶然性本身什么都不是，也没有任何秩序和安排——这种说法是不大可信的。我们更宁愿相信是这样的情形：正如某些叫作“失真形象”的图像那样（蒲叶[②]《实验气象物理的元

① 马绍尔·荷尔（1790—1857），最先科学地解释了反射作用的英国生理学家。

② 蒲叶（1790—1868），法国物理学家。

素》）——这些图像肉眼看上去只是扭曲失真、残缺不全的东西，透过圆锥镜察看，它们却显示出正常人形——我们纯粹依靠经验对人生世事发展的看法就像是用肉眼直观“失真形象”，而认为事情的发展在冥冥中遵循命运的旨意却犹如我们透过圆锥镜所看到的情形，因为圆锥镜把原来分散的和支离破碎的东西连接和安排在一起了。不过，针对这种观点总有这样的反对意见：我们在生活事件中以为看到的那种有组织的联系只不过是我们的想象在发挥作用而已：它无意识地发挥着整理、图解的作用，就像在斑驳的墙上，我们会看到清晰和美丽的人物形象——那是因为我们的想象把偶然分散各处的斑点有组织地联系了起来。不过，可以这样认为：对于我们是合理和有益——就这些字的最高和最真实的意义而言——的事情，不会是我们只是计划过但却又从来没有具体实行过的事情，亦即只存在于我们的头脑里面、被阿里奥斯托[①]称为“空洞不实的计划”的东西：这些计划因为偶然和变故而遭到挫败——为此，我们在后半辈子而感到懊丧、悲哀。对于我们真正是合理和有益的事情只能是在现实的图案中确确实实留下了印记的东西，并且，在我们认识到这些事情与我们的目标吻合以后，能够确信地说出这一句话以形容这些事情，“这就是命运的安排”（奥维德语），亦即必然发生的事情。这是因为与我们的目标吻合的事情能够得以发生，偶然性与必然性就必须以某种方式结合统一起来，深藏于事物发展的原因之中。在人生进程中，由于这一统一体的原因，内在必然性显现为人的本能冲

① 阿里奥斯托（1474—1533），意大利诗人，以史诗《疯狂的罗兰》闻名。

动，然后是理性的权衡、思维，最后，外在情势也加入共同发挥作用；这样，在人生走到尽头以后，在这些因素的共同作用下，这一生就犹如一件终于圆满完成的艺术品——虽然在此之前，当人生还在发展变化时，它看上去似乎欠缺计划或者目标。这种情形跟每一件在计划中进行、但还没竣工的艺术品是一样的。当人生圆满完成以后，仔细审视这一人生的每一个人，都会忍不住目瞪口呆：这一人生轨迹活生生就是匠心独运、深谋远虑和持之以恒结出的成果。总的来说，这一结果是否意味深长则视这一人生的主体是平凡庸俗，抑或出类拔萃。从这一观点出发，我们就能领会这一相当超验的思想：在偶然占据着统治地位的现象世界的背后，却存在着一个无处不在的思考的世界——它控制着偶然和变故。当然，大自然所做的一切事情都着眼于种属，它不会只为个体效劳，对于大自然来说，前者是一切，后者则什么都不是。只不过在我们现在所作的假定中，在此发挥作用的并不是这一大自然，而是超越大自然以外的某种形而上的东西——它完整、不可分地存在于每一个体里面。所以，发生的所有这一切都涉及全部个体。

为彻底澄清这一问题，我们的确首先应该回答这些问题：一个人的性格有可能与命运完全不相吻合吗？或者，就主要方面而言，每个人的命运都与他的性格相匹配吗？或者最后这一问题：是否某一隐秘、无从捉摸的必然性，就像一部戏剧的作者那样，总是把一个人的命运和他的性格天衣无缝地连接在一起？正是在这一问题上，我们并非一清二楚。

这样，我们就认为在每时每刻我们都是自己行动的主宰；可是，在我们回眸审视我们的生命历程，尤其当我们清楚回想起自己迈出的错误一步，以及由此招致的后果时，我们通常都无法理解我们为何做了这样的事情，而疏忽了那样的事情。似乎冥冥之中某种奇怪的力量操纵着我们的步伐。所以，莎士比亚说：

命运，显示您的力量吧，
我们身不由己，
命定如何，就该如何。

——《第十二夜》第一幕，第五景

古人们用诗歌和散文永远不知疲倦地强调命运的无所不能和以此衬托出人的无能为力。在世界各地，我们都可以看到人们对此信念深信不疑，因为他们怀疑除了那明显和经验的事物的关联以外，还深藏着某种秘密的事物关联（参看卢奇安：《死者的对话》，xix 和三十；希里多德的《历史》）。因此在希腊语里对这一概念有多个的称谓①。甚至歌德也在《柏利行根的神祇》一剧第五幕写道："我们人类无法驾驭自己；控制我们的力量由那些邪恶精灵所一手掌握；他们恶意戏弄我们，使我们沉沦、毁灭。"

---

① 奇怪的是：古人的头脑充满着命运无所不在、无所不能的思想。不仅诗人——尤其是写作悲剧的诗人——甚至哲学家和历史学家都是这方面的证人。在基督教时代，这一思想退居幕后，不再被大肆强调了，因为排挤它的是上帝控制命运的观念——这种命运观念预先假定了某种智力根源的存在；由于这智慧发自某一个体神灵，这种命运也就不是那么一成不变、毋庸更改了，与此同时，这一观念也就不再那么深刻和神秘了。后一种命运论无法取代前一种，更有甚者，它还责备前者欠缺信仰呢。——作者原注

另外，在《艾格蒙特》（第五幕，最后一景）写道：“人们以为指挥着自己的生活；但内在深处却不由自主地受到自己命运的牵引。”的确，先知耶律米亚已经说过：“每个人的行事并不在自己的掌握之中，指挥脚步的并不是行进中的那个人。”所有这一切都是因为我们的行事是两种因素作用之后的必然结果：其一是我们的性格——它固定不变，并且只能后验地，因此是逐渐地为我们所了解；其二就是动因（动机）——它存在于外在，随着世事的发展而必然出现。在性格保持不变这一前提下，动因决定了既定性格的作为，其必然性可以与机械活动的必然性相提并论。对事情随后的发展过程做出判断的是认识的主体，性格和动因对于这个认识主体而言是陌生的，这个认识主体只是对这两者作用的效果评头品足的旁观者。这样，它当然有时候就会大惊小怪了。

然而，一旦领会了这种超验宿命论的观点，并从这一观点出发审视一个人的一生时，我们有时候就会看到一些至为奇特的现象：在发生的一件事情里面，明显物理上的偶然性与某种道德的、形而上的必然性结合在一起，相映成趣；但后者永远无法加以论证和说明，我们只能运用想象去理解。为使读者清楚明白这种情形，我举出一个著名的例子，同时，由于这是一个特别明显的例子，它又非常适合成为这一类情形的典型代表。我们不妨看一看席勒[①]的《跟随着铁锤前行》一剧。在剧中，可以看到费利多林由于参加弥撒而迟到是出于偶然，但是这一迟到对他来说又是极其重要和必然发生的。如果我们仔细思考一番，我们或许就

① 席勒（1759—1805），德国诗人、剧作家。

可以发现在我们每个人的生活当中不乏类似的情形，只是没有那么重要和明显罢了。许多人就会因此不得不做出这样的假设：某种秘密的和不可解释的力量引导着我们生命进程中的转折和变化；虽然很多时候，它的引导与我们当时的目标和打算相违背，但是，这种引导与我们生活的客观整体和主观目标是互相一致的；因而也就是促进了我们的真正利益。所以，在事过境迁以后，我们通常都认识到我们当初朝着相反方向的努力是多么愚蠢。“命运引领顺从者，但拖曳不情愿的人”（塞尼加语）。这一力量还必须以一条贯穿一切事物的无形线绳，把那些不曾被因果链互相连接起来的事物结合起来，这样，这些事物才可以在必要的时候走到了一块。因此，这种力量完全主宰着现实生活中的一连串事件，就犹如一部戏剧的作者主宰着他戏剧中的事件一样。首要和直接地干扰了事物有规律的因果发展的偶然和错误，则只是这力量无形之手所运用的手段而已。

深藏不露的必然性与偶然性结合在一起，由此产生出这样一种深不可测的引导力量——这是一个大胆的假设，最有力促使我们作出这一假设的是考虑到这一事实：每个人所具有的确定和独特的个性——它包括体质、道德、智力方面，对于这个人来说就是全部的一切，并因此肯定出自一种至高的形而上的必然性——同时（正如我在我的主要著作第二卷四十三已经表明了的）却又是这个人父亲的道德性格、母亲的智能和双亲的身体结合所导致的必然结果，而双亲的结合一般来说都是明显由偶然情况所致。所以，我们不得不把必然性和偶然性最终结合在一起，或者说，我们无法抗拒，只能作出把这两者结合在一起的道德与形而上的假设。要对这两者合为一体的根源获得一个清晰的概念，我认为是不可能的；我们只能这样说：它就是古人所说的命运，也包括了人们对“每个人都有一个守护神”这一说法所理解的内容，以及被基督徒崇拜为无所不能的上帝。当然，这三者是有区别的：命运被看作是盲目的，但后两者却不是这样；不过，与事物的深层内在具有某种形而上的本质这一想法相比，把命运拟人化的做法就站不住脚，并变得毫无意义。我们也只能从这种形而上的本质中寻找那个把偶然性与必然性令人无法解释地统一起来的根源，而这种统一也就表现为操纵我们所有人类事务的神秘力量。

认为每一个人都有一个守护神，并且这守护神掌管着这个人的一生——这种看法据说源自古代意大利西北部的伊特拉斯坎人，但这种看法在古代流传很广。它的中心内容包含在米南德[①]的一首诗里，这首诗由普鲁塔克[②]为我们保存了下来；它也见之于斯托拜阿斯[③]的《物理学与伦理学》一书中：“一个人在出生的时候就获提供一个守护神，后者指引他走过生命中的迷途。”

在《理想国》的结尾处，柏拉图告诉我们：在再生之前，每个灵魂都要自己选择命运，以及与此命运相应的人物。柏拉图写道：“当所有的灵魂都已经选定了自己的一生时，他们列队走到拉赫西斯跟前。她便派给每个灵魂一个守护神，以便保护他们度

---

① 米南德（前342—前290），古希腊喜剧作家。
② 普鲁塔克（约46—120），罗马帝国时期的希腊作家。
③ 斯托拜阿斯（前4世纪），古希腊哲学家、亚里士多德的弟子。

过自己的一生，完成自己的选择。”波菲利[①]对这一段话加上了颇值一读的评论——它被斯托拜阿斯保留了下来。但柏拉图在这之前就曾谈及与此相关的问题：命运只决定了作出选择的次序；不是神决定你们的命运，而是你们自己选择命运。谁抓阄得到第一号，谁就第一个挑选自己将来要过的生活。贺拉斯[②]把这种情形优美地表达了出来：

这种事情只有守护神才会知晓，
他掌控星辰的命运预言。
他是具人性的一个不朽神祇，
他变化多端，形象因人而异，
一会儿是光明的形象，
一会儿又是阴暗形体。

关于这种守护神的值得一读的描述见之于阿波莱伊斯[③]的著作。伊安伯利科所写《埃及之谜》中的一节也有谈论这一问题的短小但却重要的一章。但更值得人们注意的是波洛克奴斯[④]对柏拉图的阿基比亚德斯[⑤]的评论：“引领我们的一生，实现我们在降世前就已生效的选择，把命运的礼物和诞生自命运的神祇给予的礼物，以及上天神灵的阳光分派给我们——他就是守护神。”

---

① 波菲利（232—304），新柏拉图主义者。
② 贺拉斯（前65—前8），古罗马诗人、批评家。
③ 阿波莱伊斯（公元2世纪），古罗马小说家。
④ 波洛克奴斯（410—485），《柏拉图对话录》的注释者。
⑤ 阿基比亚德斯（前450—前404），雅典政治家和统帅。

柏拉色斯[1]也异常深刻地表达过同一样思想，因为他写道："要恰当理解命运的话，那就是：每个人都有一个精灵，它寄住在人的自身之外，他的座椅就在星星的上面。他向这个人预兆将要发生的事情，这些精灵就叫作命运。"值得注意的是普鲁塔克也已经有过同样的见解，因为他说除了沉浸在人的尘世肉身里面的那一部分灵魂以外，更加纯净的另外一部分却作为星星悬在人的头顶，并被正确地称为这个人的守护神。守护神引导着这一个人，而一个人越明智，那他就越愿意听从守护神的引导。这一大段太长了，不宜在这里照录下来，它见之于《苏格拉底的守护神》一书。里面的关键句子是这样的："在肉身里暗中流动的部分称为灵魂，但那永不消亡的部分则被大多数人称作精灵；他们相信精灵就寄住此身内部。不过持有正确见解的人却认为这种东西寄住身外，并把它称为守护神。"附带说上一句，就我们所知，那把异教徒的一切神祇、鬼怪随手转变为魔鬼的基督教，好像把古人所说的这种"守护神"变成了学者和魔法师手中的"亲密精灵"了。基督教所描述的人格化的命运主宰大家都相当熟悉，不需要我在这里多说。但是，所有上面这些称谓和说法，都是对我们正在考察的问题借助寓言、形象表达出来的看法，总的说来，除非运用寓言和比喻的方法，否则，我们无法理解最深刻、最隐秘的真理。

事实上，那种深藏不露，甚至可以控制外在影响的力量，归根到底植根于我们神秘的内在，因为所有存在之谜确实最终就在我们自身。就算碰上最幸运的例子，我们也只是从很远的距离向揭开这

---

① 柏拉色斯（1493—1541），瑞士医学家和自然哲学家。

一谜底的可能投向匆匆的一瞥而已，也只能通过类推、比喻的方式。

与那种发挥神秘控制作用的力量至为类似的例子就是大自然的目的论，它让我们看到：一些符合某一目的的事情是在人们对这些事情的目的并没有认识的情况下发生的，尤其是外在发生的事情符合某一目的，亦即在不同，甚至异类或者无机体之间发生的事情。这类事情的一个令人惊异的例子就是海水把大量的浮木冲至没有树木的极地。另一个例子就是我们这一行星的主要土地群完全是向着北极堆积——由于天文学上的原因，在北极冬季少了八天，并因此比南极暖和许多。在完整和封闭的机体里面清晰表现出来的内在与目标吻合之处，以及大自然的技巧和纯粹的机械论，或者终极原因和作用原因，为促成某一目的相互结合得天衣无缝（与此相关的论述可参阅我的主要著作第二卷第二十六章）——这种令人吃惊的协调一致，让我们由此类推地看到那发自不同甚至彼此相距遥远的点，它们似乎对自己的目的毫不知情的东西，却为着一个终极的目标通力合作，并准确地汇聚于一个终极目标。在这里，并没有认识力的指引，一切都是根据那先于一切认识的可能的更高一级的必然性，再者，如果我们回想起依次由康德和拉普拉斯[①]提出的关于我们这一行星体系的起源的理论——这一理论的可能性几乎已经是确凿无疑的了——并且对我在主要著作第二卷第二十五章中所作的考察进行一番思考，也就是再三思考那些盲目的自然力如何通过遵循各自既定不变的定律而展开活动，最终引出了这一井然有序、让人赞叹的行星世界。

---

① 拉普拉斯（1749—1827），法国天文学家和数学家。

所以，我们在此就有了一个类似例子——它可以帮助我们大致上和从远距离看到这样一种可能性：甚至一个人一生中所遭遇到的各种事件，尽管经常受到盲目偶然的随心所欲的摆布，但这些事件却好像有计划地指引着这一个人的生命进程，以便符合这一个人的真正和最终的利益。[①] 根据这一假设，上帝决定我们命运的信条——这一完全拟人化的说法——当然也就不是一种直接的、在本来意义上的真实，而只有可能是对一个真理所作的间接的、寓言式的和神话式的表述；就像所有宗教神话一样，在给予主观安慰和服务实际目的方面它是完全足够了。在这种意义上，这一信条跟诸如康德的道德神学是一样的。我们只能把康德的道德神学理解为一种行为、态度的样板模式，也就是寓言式的。一句话，这样的信条有可能在事实上不是真实的，但与真实也已相差无几了。大自然的原始自然力深沉、盲目——我们的行星系统就出自这些原始力的相互作用——其后出现在这世界上的至为完美的现象界的生存意欲，早就在这些原始自然力的内部起着运作和主导的作用。从一开始，生存意欲就已经通过严格的自然法则，为着自己的目标而奋斗，并为建立这一世界及其秩序打下了基础。例如，它通过最偶然的一次推进或者摆动就永远地决定了地球的黄赤交角[②]和自

---

① 客观地看来， 个人的人生历程遵循着一种普遍和严格的必然性；因为这个人的所作所为就像一台机器的运作一样地出于必然，并且，所有外在事件都出现在一条因果链的主导线上，而这条因果链上的各个环节彼此都有着严格的必然联系。如果我们记住这一道理，那么，当我们看到一个人的一生发展的结果与这个人贴切吻合，恰似早有安排时，我们就不会感到惊讶了。——作者原注

② 黄赤交角：黄道和赤道的交叉。黄道是地球绕太阳公转的轨道，赤道是地球自转的轨道，两者并不重合，而有一个交叉角度，因为地球在公转时是倾斜的。——编者注

转速度，而最终导致的结果必然表现了生存意欲的全部本质，这恰恰是因为在那些原始自然力的活动中，生存意欲就已经在发挥作用了。同样，决定着一个人的行为的大小事件，连带引出这些事件的因果关联，也只是意欲的客体化表现——这意欲与展现在这一个人身上的意欲是同一样的东西。由此可见——虽然这仍然是雾中视物——这些事件必定与这个人的特定目标协调、吻合。在这一意义上，它们也就构成了那种指引个人命运的神秘力量，并被寓言式地称为这个人的守护神，或者，决定着他命运的上帝。从纯粹客观的角度考虑，毫无例外包罗万象的正是并将继续是普遍的因果关联。由于这种因果关联的作用，一切发生的事情都以严格和绝对的必然性发生。这种因果关联取代了那种对主宰世界的力量纯粹神话式的理解，并的确有权利称得上是主宰世界的力量。

下面这些泛泛的思考会帮助阐明上述的道理。“偶然”意味着彼此没有关联的事情在时间上同时发生。可见没有什么事情是绝对偶然的。相反，甚至至为偶然的事情也是必然发生的事情，只不过这些事情是从距离更远的途径汇聚在此而已，因为处于因果链遥远上端的某些决定性的原因，很早就已经必然地决定了某一事情就在现在此刻发生，与另外的其他某些事情同时发生。因此，发生的每一件事情都是在一条循着时间方向的因果链上的某一特定一环。由于空间的关系，无数条这样的因果链相互并存着；它们并不是彼此陌生和互相没有丝毫的关联。相反，这些因果链以多种方式纠缠在一起。例如，现正同时发挥作用的多个原因——这些原因各自会产生不同的结果——都源自更早的一个共同的原因，这些原因与更早的原因之间的关联就犹如曾孙子与曾祖父一样。在另一方面，现在产生的某一特定的结果通常需要许多不同原因的巧合，而这些彼此各异的原因都是它们所在的、由过去发展而来的那条因果链上的一环。于是所有那些顺着时间方向移动的因果链，共同形成了一个多方缠绕的巨网；这一巨网连同它囊括的一切同样顺着时间的方向移动，并正好构成了世界的发展进程。如果我们用经圈把那些因果链标示出来——顺着时间的方向——那么，同时发生的并且为此原因互相没有直接因果关系的因果链，可以在任何一处以纬圈标示出来。这样，虽然处于同一纬圈的所有事情之间没有直接互为因果，但是，由于这整个网络的交织相连，或者说，那向着时间方向滚动的所有因果构成一个整体的缘故，所以，这些事情之间仍然有着一种间接的联系。它们在此刻的同时并存是一种必然。正是基于这一道理，在更高的意义上而言一件必然发生的事情，它之所以发生的一切条件就会巧合地走到一起——这种事情的发生也就是命中注定了的。例如，下面这一事实也是基于同样的道理：由于日耳曼部落大迁移的结果，野蛮的洪流在欧洲泛滥；这时候，希腊雕塑最精美的作品，还有拉奥孔、梵蒂冈的阿波罗神像等就好像经由剧院舞台的活板门似的马上进入了泥土的怀抱。它们在那里毫发无损地等待了一千年，直到一个更加温和、高贵、懂得并且欣赏艺术的时代的来临。到了十五世纪末，在教皇朱利二世统治下的这个时代终于到来。那些巨作完好无损地重新露面了——这些作品被视为艺术的典范和表现了人体的真正形态。基于同样的道理，我们一生中重要的和决定性的时刻和境遇也以同样的方式适时而至。甚至预兆的发生也是这样。人们对预兆的相信是普遍的和无法根除的，甚至至为卓越的头脑也会相信预兆这回事，这种情形并非罕见。没有什么是绝对偶然的；相反，一切都必然地发生，甚至那些彼此之间并没有因果联系的事情同在某一时间发生，亦即我们称之为偶然的事情，其发生也是必然的，因为现在同一时间发生的事情在很久以前就已经通过各种原因的作用，确定了要在此时发生。因此，一切事情都会相互间引起回响和得到反映。希波克拉底[①]的那句适用于机体的内部协调合作的名言同样可用作描绘总体事物："血液的一次流动，空气的一次呼吸，彼此都息息相关。"人们对重视预兆的癖好和习惯始终无法根除，他们"从动物的内脏或者鸟儿的飞行预测将来的事情"；不经意翻开的《圣经》的一页，扑克牌，掷铅，查看咖啡渣都可用以预测未来。这些证实了人们抗拒理智根据而始终坚持这样的假定：从此刻眼前清晰可见的事物就有可能知道由于空间或者时间的缘故而深藏不露的东西，也就是在遥远的地点或者在将来的时间所发生的事情；这样，只要人们掌握了真正的解码钥匙，就可以从此看到时间上或者空间上的彼岸世界。

第二个类似例子，可以帮助大家从一个完全不同的角度间接明白我们此刻正在思考的这一超验宿命论。这就是睡觉中所做的梦。我们的生活与梦境有着许多相似之处，人们对此早有认识，并且也经常表达过这种认识。甚至康德的超验唯心主义——在我们看来——也就是最清晰地阐明了我们被意识到的生存所具有的

① 希波克拉底（约前460—前377），古希腊医生，被誉为"医学之父"。

梦幻般的性质。这一点我在《康德哲学批判》中已经指出。确实，正是由于这种与睡梦的相似之处，使我们看到——虽然这仍然只是远距离地雾里看花——一种神秘的力量在控制和引导着与我们有关的外在事件，而这些事件都有其涉及我们的一定目的。这种神秘力量有可能就根植于我们那难以测探的本质深处。因此，甚至在梦里，纯粹偶然的机会把一些情境巧合在一起，变成了我们行为的动因，而这些情境都属于外在的，并不听任我们的指挥，甚至通常是招我们讨厌的。但这些情境相互之间却有着某种秘密的、符合一定目的的关联，因为某种隐藏着的力量——梦里的一切偶然都对它唯命是从——在控制和安排着这些情境，甚至仅仅在与我们有关的方面。但在这里，最奇怪的事情就是这一种力量归根到底不是别的，而只是我们的意欲，只不过它所出发的角度没有进入我们的睡眠中的意识罢了。因此，梦里发生的事件通常都与我们在梦里的意愿相悖，使我们感受着惊讶、懊恼甚至极度恐惧，而命运——我们自己其实在暗中操纵着它——却没有加以援手。同样，在梦里，我们热切地询问某样事情，并且能够得到一个让我们大为惊叹的答复；或者，我们被别人问起一个问题，例如在考试的时候，又无法找到答案，而另一个人却给出了一个完美的答案，并使我们自愧弗如。在上述两种情况下，对问题的答案都只能是来自我们自身的能力。为能更清楚地表明在梦里这种来自我们自身的对事件的神秘指引，以及它的运作，我这里还有一个唯独能解释清楚这一问题的例子，虽然这例子无法避免地带有某种淫秽的性质。我想读者诸君不会介意，同时也不要把它作为笑谈。众人皆知，我们有一些梦是大自然用作某一物质上的目的的。例如，释放满溢的精液。在这种梦里，当然会出现色情的情景，有时候在其他没有或者无法达到这一目的的梦中，同样的情景也会出现。不过，这两种梦却有着区别：在第一种梦里，美女和机会很快就会促成我们的好事，大自然就此达到了她的目的；但在第二种梦里，在得到我们热切渴望的尤物的过程中，障碍总是层出不穷，而我们又无法扫除这些障碍。这样，到最后我们仍然无法达到目的。那制造出这些障碍并且接二连三使我们的强烈愿望受挫的只是我们的意欲；不过，它发挥作用的领域远在梦中产生表象的意识之外，所以，它在梦中就显现为强硬、无情的命运了。那么，现实生活中的命运和每个人从自己的一生或许都会逐渐注意到的那种符合一定的目的、计划，不就有可能与我所描绘的梦中情形相类似吗？[①] 有时候会出现这样的情况：我们拟定好了一套计划并且充满热情地要把它付诸实行——在事后，这一计划才被证明与我们的真正利益完全不相符合——但正当我们热切地要执行这一计划时，我们却感觉到命运对此的存心作弄，因为它动用一切手段破坏这一计划。这样，命运最终违反我们的意愿强行把我们推回到那条真正适合我们的路上。看到这些似乎怀有目的的阻挠抵抗时，不少人会说出这样的话："我就知道事情不应该是那样的"；也有人会把这称为不祥之兆；另外，更有人会说这是上帝发出的暗示。不过，他们都会达成这一共识：当命运明显执拗地阻挠我们的某一计划时，我们就应

① 米南德说："甚至当你睡着的时候，事情仍然由于自身的原因而持续发展，既可能是为了你的幸福、平安，也可能是为了与此相反的目的。"——作者原注

该予以放弃，因为既然这一计划与我们无法意识到的命运不相吻合，那么，它是不会实现的；如果我们一意孤行地想完成这一计划，那我们只会招致命运更加残酷的打击，直至我们终于重新返回正确的道路上为止。或者，如果我们终于成功地强行实施了计划，那只会给我们带来祸殃和损害。上文所说的那句话："命运引领顺从者，但拖曳不情愿的人"，在此得到了完全的证实。在很多情况下，事后的结果清楚表明这一计划的功败垂成无论从哪一方面来说都对我们的真正幸福大有裨益，但关于这一点我们自己却有可能并不清楚，尤其当我们把形而上、道德层面的东西视为我们的真正幸福和利益的时候。现在，如果我们回顾一下我的全部哲学所得出的主要成果：创造出并维持着这一现象世界的东西正是意欲——它存在于每一个个体之中，并不断地挣扎、追求——并且，如果大家同时还回想起生活与睡梦那种已经获得人们普遍承认的相似之处，那么，作为对我到此为止所作的论述的总结，我们可以大致上认为这种情形是可能的：正如每一个人都是自己睡梦的秘密导演，那么，采用由此类推的方式，控制我们的真实人生轨迹的命运归根到底也同样以某种方式源自意欲——这也是我们自身的意欲——但在此，以命运面目出现的它，却是在产生表象的个人意识之外的某个领域制造效果。而我们的个人意识则只发现和提供动因，以指引我们那只有经过实际经历以后才可被我们认识的个体意欲。因此，我们的个体意欲不得不经常与我们那显现为命运的意欲、我们的守护神、"居住在我们的自身之外并在星辰中有其位置的精灵”[①] 发生异常激烈的冲突，而作为命运、守护神、精灵等的意欲则居高临下地监察着个体意识，并因此毫不留情地针对个体意识安排和确定了某样计划作为对个体意识的一种外在约束，而这一计划它不会让个体意识有所察觉，也不会让这一计划无法执行和流于失败。

首先，引自司各图斯[②]关于“神”的一段见解会缓和我斗胆说出的话所产生的令人诧异、甚至近乎天方夜谭的效果，但必须记住：司各图斯所说的“神”是没有认识力的，也没有时间、空间和亚里士多德的十大范畴这些属性；其实，它仅有一个普遍的称号，那就是意欲——司各图斯的“神”不是别的，正是我称之为“生存意欲”的东西：“只是因为一些事情还没有在我们对现实事物的经历过程中出现，所以，我们就说神并不知晓——他其实早就知道、并且早就确定了的事情——这是对神的另一种无知。”他相隔不远又接着写道：“对于神的第三种无知就是我们这样的说法：神并不知道那些只能随着行动和做事才会显现出效果的事情，虽然神自身具备了我们无法看见的事情发展的根据、原因——这些是神自己创造出来，并为神所知悉。”

如果我们借助那已获得认可了的人生与梦的相似之处，更好地理解了我所阐述的观点，那么，我们仍然必须注意到人生与梦之间的这一差别：在梦里，关系是单方的，也就是说，只有一个正在感觉着和意欲着的自我，其他的一切都是幻影而已；在人生

① 根据柏拉色斯所言。——作者原注

② 约翰·司各图斯（约 810—877），德国神学家。

的大梦里，关系是相互的，因为一个人不仅必须在另一个人的梦中现身，同样，另一个人也会在他的梦里现形。因此，由于一种真正的“预先确定了的协调一致”，每个人都根据自己来自形而上的指引，梦到与他本人相符合的人和事；人生的梦幻是那样别出心裁地相互纠缠在一起，每个人都经历到对自己发挥效果的东西，与此同时又为他人做出必需的事情。于是某一重大的世界性事件与千万人的共同命运相吻合，方式却因人而异。所以，一个人一生中的所有事件是以两种根本不同的方式联结起来的。第一种是客观的大自然进程的因果关联；第二种则是某种主观（体）上的关联——它只为经历这些事件的个人而存在，并且，跟这一个人所做的梦具有同样的主观性，但在这种主观的关联里，事件出现的顺序和事件的内容也同样被必然性决定了，只不过所采用的方式，与在一部戏剧里面依次变换的场景由戏剧作者的计划所决定是同样的道理。上述两种关联同时并存，而同一事件作为两条完全不同的链中的各自一环，却精确楔入这双重的链条。这样的结果就是一个人的命运与另一个人的命运总是相互配合得恰到好处。每个人都是自己的戏剧的主角，与此同时也在别人的戏剧中扮演角色。当然，所有这一切，都超出我们的智力所能理解的范围，并且只是由于事物中那奇妙至极的“预先确定了的协调一致”的缘故，我们才可以把所有这一切认为是可能的事情。而把在所有的人生交往中协调一致的和谐认定是不可能的事情——就像认为作曲家不可能赋予交响乐中那些看上去似乎杂乱、轰鸣的音声以一种特有的和谐——那这种做法是否胸襟狭窄、欠缺了勇气？如果我们记得人生之大梦的主题在某种意义上只是一样东西——生存意欲——而复杂多样的现象是以时间和空间为条件，那么，我们对于这玄乎的思想所感到的厌恶就会有所减弱。这是全体人所做的大梦，但方式却是每个人都参与其中，一起做梦。因此，所有一切都互相渗透并互相迎合。一旦我们同意这一点，接受了事情发生的双重链条——正是通过这双重链条，每一个人都在一方面为自己而存在，根据自己的本性以某种必然的方式行事和发挥影响，走完自己的路程；在另一方面，又完全被注定和适宜于理解别人，就像呈现在别人梦中的图像一样地影响别人——那么，我们就只能把这一道理推广至整个大自然，也就包括了动物和其他没有认识力的东西。这样，我们就看到了预兆、预言、奇迹昭示的可能性，因为在自然的进程中，所有必然发生的事情又可以在另一方面被视为对我来说只是一幅影像或图像，我的生存之梦的素材、内容，它们的发生和存在仅仅因为与我有了关联，或者甚至只是我的行动和经历的一种反映、回响而已。如果一件事情包含了自然的成分，其因果关联可被显示出来以表明这件事情是必然地发生，那这丝毫不会消除这件事情的预兆性质。同样，后者也不能消除前者。所以，不少人以为通过表明一件事情的发生是不可避免的就可以驳倒事件的预兆成分，他们可是大错特错。这些人采用的方法就是把导致这一事情发生的自然和必然的作用原因非常清楚地显示出来；如果这是一件自然界发生的事情，那就用物理学方法表明其发生的原因，并且显示出一副很有学问的样子。没有一个理智的人会怀疑他们这些东西，也没有人会硬把事物的预兆说成是一大奇迹；正因为因果链——它延伸至无穷无尽，遵循着特定的必然性，并且具有预先就确定了事情的发展的特性——已经确定了这一事件是在这样一个时刻不可避免地发生，所以，这一件事的发生才会有它的预兆。那些似乎懂得很多的人，尤其当他们学会了用物理学的观点看待和理解事物以后，尤其应该记住莎士比亚的这一句话：“天地间的事情比你们的哲学所能想象的多得多。”（《哈姆莱特》第一幕第五场）但随着对预兆的相信，研究占星术的大门重又打开了，因为哪怕是最微不足道的被认为是预兆的一件事情，例如鸟儿的飞行，与某人的不期而遇等等，其发生的条件是长无尽头、遵循严格必然性的一条因果链，其发生的必然性与在某一特定的时间，星星会到达某一可计算出来的方位是一样的。当然，星座高高在上，地球上半数的人都能在同一时刻看到它们；相比之下，预兆则只出现在与个人相关的领域里。再者，如果我们想形象地理解预兆现象的可能性，那我们可以把这样一个人——他看到或好或坏的预兆，并因此对自己一生中做出的某一重大举措提高警觉或者增强信心，因为这举措所带来的结果仍然藏而不露，到将来才见分晓——比之于乐器上的一条弦线：当弦线被击打时，弦线不会听到自己的声音，但却会听到由于自身颤动而引起另一条弦线共振所发出的声音。

康德对自在之物与现象的划分，连同我把前者归于意欲，而后者归于表象的做法，使我们有了看到——虽然那只是遥远和并非完美地——三个悖论统一起来的可能。这三个悖论为：

（1）自在之意欲的自由与个人所有行为所遵循的普遍必然性。

（2）大自然的机械论与大自然的技巧；或者，大自然的作用原因与目的原因；或者，大自然的产物出于纯粹的因果关系与出于某种目的（与此有关的问题可参看康德的《判断力批判》，以及我的《作为意欲和表象的世界》第二卷第二十六章）。

（3）一个人一生中所发生的所有事件都带有明显的偶然性与这些事件所具有的道德上的必然性——这些事件的具体形成符合这一个人的超验的目的。用大众的语言表达，就是：自然而然的发展与天命注定如此。

我们对协调这三对悖论的见解虽然有欠清晰、完美，但针对第一对悖论的见解较之第二对悖论则更为清晰，对如何协调第三对悖论则至为模糊不清。但能够把其中一对悖论协调统一起来的见解，不管如何有欠完美，都会增进我们对其他两对悖论的理解，因为这里面的一对悖论就是另外两对悖论的影像和例子。

至于我们从正在讨论的这整个话题——个人的一生受到某种神秘的控制——到底看出了什么，我们只能给予一个相当大概的说法而已。如果我们只是停留在个人的情形，那么，这种控制通常看上去只着眼于我们尘世的、稍纵即逝的幸福利益。考虑到这种个人幸福和利益是那样的充满缺陷、渺小不堪和匆匆即逝，这不可能就是这种神秘力量的最终目的。这样我们就不得不越过个体生命，在我们永恒的存在里面寻找那种最终目的。这样，我们就只能相当泛泛地说：我们的人生历程受着某种操纵力量的安排，从我们在这人生历程中所获得的全部知识看，我们的意欲——作为我们人的内核和自在之本质——所得到的印象就是我们所得到的指引属于形而上、并且符合一定的目的。这是因为虽然生存意欲完全在普遍的世事发展中获得它的回报——而这显现为争斗的现象——但每一个人的生存意欲，其方式是完全个人的和独一无二的；每一个人仿佛就是生存意欲的一个个体化了的行动，因此，它的足够回报也只能是构成世事发展的某一具体部分，并表现为这一个人所特有的经历和事件。既然从我哲学中的严肃部分（以区别于只是教授们的哲学或者滑稽哲学）所得出的结果已经看到：意欲最终摒弃生命就是短暂存在的最终目的，那么，我们就必须假定：每个人生命都被引领至这一目的，但采用的则是一种适合这一具体个人的方式，因而通常经过漫长曲折的道路。再者，幸福和快乐妨碍这一最终目标的实现，所以，我们也就看到我们的每一个生命历程都与不幸和痛苦不可避免地交织在一起，虽然具体的分量各自差别很大，并且，这些不幸和痛苦甚少达致极点，亦即发展成具悲剧性的结局，而真到了这个时候，意欲似乎就在某种程度上受到强力驱使而摒弃生命，情形好比剖腹以得到小孩的出生。

因此，一种看不见的操纵力量指引着我们，直至死亡这一真正的结局，亦即就这方面而言生命之目的；但这种视而不见的操纵力量也只呈现于真真假假的外相之中。在死亡的一刻，一切神秘力量（虽然它们植根于我们自己）就聚合在一起发挥作用——它们决定着一个人的永恒命运。这些力量角力后的结果就是这个人即将踏上的道路；这个人的再生、轮回也就准备好了，连同其所有的痛苦快乐。所有这些从这一刻以后都是无可挽回地被注定了。正因为这样，死亡时分才有了极为重要、严肃、庄重和可怕的特性。这也是最强烈意义上的决定性时刻——这是末日审判。

韦启昌　译

命运与自由

[美] 拉尔夫·爱默生

拉尔夫·爱默生（Ralph Emerson 1803—1882），19世纪美国超验主义思想家、散文家、诗人，确立美国文化精神的代表人物之一。重要著作有《论自然》《英国人的特性》《诗集》和《论文集》等。

本文选自《论文集》，题目系原书所有。

毫无疑问，本文最重要的概念是“命运”和“自由”。一般认为，相信命运，就不会追求自由；追求自由，就不会相信命运。但本文作者却认为，命运和自由并非对立，互不相容。命运肯定是有的，不能不信：不仅个人有个人的命运，民族有民族的命运，甚至世上万物乃至宇宙整体，也有其命运。可以说，一切都在命运的掌控之中。既然如此，人类意识当然也是命运的一部分，也是由命运预先设定的。既然人类意识是由命运预先设定的，那么追求自由的意识当然也是由命运预先设定的，也是命运的一部分。也就是说，命运和自由并非对立，而是后者从属于前者。所以，甚至可以这样说：追求自由是人类的命运。

当然，这里说到的命运，是指宇宙法则，至于一般人说的“命运”，通常是指一些不可预测的事物。对于这样的“命运”，本文作者认为，不可预测可以变为可预测，这已由人类经验所证实；因而，这样的“命运”只是“未知”的代名词。至于全人类的命运、全宇宙的命运，或许永远不可预测，但这一点并不妨碍人类追求自由，理由就在于——谁也不知道全人类究竟有何命运。

一

这个世界存在着所谓的命运，或者说，世界有其赖以发展的法则。但是，假如真的存在着某种不可抵御的意志，假如我们必须要去接受命运，那么我们就同样必须要肯定自由，肯定人的意义，肯定责任的崇高，肯定性格的力量。

乔叟在《武士的故事》[①] 中写道：“命运之神，人世间的主教，掌管着上帝所预示的一切祸福，他是那般的威严。世人虽然发誓要违抗他的意旨，然而，不论或是或非，无论经过了多长的年月，却依然显应。确实，我们在人世间的所有嗜欲，是战是和，是爱是憎，没有一件不受这上天的安排。”希腊的悲剧也表达了相同的含义：“凡命定者必将发生，没有人可以逾越主神朱庇特那浩瀚无边的心灵。”

大自然并不多愁善感，它不会宠养或娇惯我们。我们必须要看到这个世界的凶险和残酷，它不会在乎溺毙一个男人或女人，相反，它会像吞下一粒灰尘那样吞噬掉你的船只。寒冷并不会体

---

① 杰弗里·乔叟，14 世纪英国诗人、“英国文学之父”，《坎特伯雷故事集》为其传世之作。《武士的故事》是《坎特伯雷故事集》中的故事之一。

谅人类，它刺痛你的血液，麻木你的双脚，一直到将你冻僵为止。疾病、风暴、闪电决不会尊重任何一个人。老虎以及其他嗜血如命的动物的猛咬，在蟒蛇死命的缠绕之下那骨头噼啦裂开的猎物——都存在于这个世界的系统之中。各个种类必须要以牺牲其他种类的性命来求得自己的生存。我们所寄生于其中的这个星球，极易受到源自彗星的震荡以及其他星球的摇撼；地震、火山、气候的变化，都能够将它劈开撕碎。森林的开发带来江河的干涸，河床的变化导致城镇的崩塌。里斯本的一场地震，令无数人在短短的几分钟之内就被压成了碎泥；西非严酷的气候，犹如钢刀一般大肆屠戮着人类；霍乱、天花对于某些原始部落而言，就有如霜冻之于蟋蟀一般。天道和神意，自有一条荒蛮的、崎岖的、无法预测的道路，通达它的目的地。

你也许会说，威胁人类的灾难不过是些例外，我们没有必要每天都去担忧这天翻地覆的灾变。话虽如此，但是，一旦发生过一次，就有再次发生的可能。而且，只要我们无法躲避这些打击，我们就会对此心生畏惧。

然而，这些打击和破坏对于我们的危害，同那些每时每刻都在悄悄作用于我们身上的法则的威力相比，要逊色许多。动物园里供展览的动物，或者其椎骨的形状与力量，就是一部命运之书：鸟的喙、蛇的颅骨，便决定了它们各自的局限性。世界上的所有事物都会受到各种条件的限制，没有一样是尽善尽美的。

人们曾经试图举起这座命运之山，试图将这种源于种类局限性的特性同自由的意志加以调和。印度人说：“命运无非是前世的所作所为。”在谢林[①]的一句大胆的陈述里，我们发现了差异巨大的东西方思维中的某种巧合之处：“每一个人的身上都有着某种感觉，他之所以如此，是因为他永生永世皆如此，而绝非仅仅是现世如此而已。”

二

凡是限制我们的事物，我们都将其称之为“命运”。假如我们野蛮残暴，命运就会呈现出残忍恐怖的状态；而当我们变得文雅高尚起来的时候，那些限制我们的事物也就会变得柔和温驯一些。如果我们上升到了精神文化的高度，那么敌对的势力也会以一种超凡脱俗的形态出现。

古代斯堪的那维亚的天神无法用钢铁或大山的重量制服芬里斯魔狼——它猛扑这一位天神，又踢走那一位天神。于是天神们就在芬里斯魔狼的脚跟处绑上了一条比蚕丝还要柔软的带子，这样就将它给降服了，它越是踢踹，带子就缠得越紧。命运之环也是这般的柔软，却又这般的牢固。无论是白兰地还是花蜜，无论是硫酸还是地狱的火焰或者毒液，无论是诗情还是天才，都无法挣脱这条柔软的带子。因为，如果我们赋予命运以诗人在论及它的时候所使用的那种崇高的意义，那么甚至连思想也不能凌驾于命运之上。

在道德的世界里，命运就如一个复仇的使者，它惩恶扬善，

① 弗里德里希·谢林，19世纪德国哲学家，黑格尔的先驱。

召唤正义。当正义得不到伸张时，它迟早都会给予一击。有益的终会延续，有害的终会衰落。诗歌里吟唱道："上帝不会亲自惩罚邪恶。"

我们就是这样追随着命运：在物质中、在心灵中、在道德中、在性格中。无论在哪里，命运都是束缚与局限。然而命运也有它的统治者，也有着限制它的极限。这是因为，尽管命运无涯，但人的力量——这个二元对立的世界中的另一面事实——也是永无穷尽的。假如说命运紧紧逼迫着人的力量、限制着人的力量，那么人的力量也伴随着命运、反抗着命运，并且迟早会推翻命运的安排。

我们不能忽视自由意志。不妨冒昧地下一个自相矛盾的定义吧：自由就是必然。如果你愿意，你可以站在命运的一边，声称命运就是一切。那么我们就要说：人的自由也是命运的一部分。在人的心灵中，永远迸发着选择与行动的力量。人的才智可以抵消命运。只要一个人在思考，他就是自由的。

不要只盯着命运，而要注重现实，这才是一件有益身心的事情。人和现实事物的合理关系，应当是使用和支配它们，而不是在它们面前卑躬屈膝、畏首畏尾。有人曾说："切莫注视自然，因为它的名字叫宿命。"但过多地考虑人的局限性会导致卑琐。那些奢谈定数、命相的人，处在一个更为低下和危险的境地，而且是在招惹自己所惧怕的厄运。

我曾经谈到过那些富有英雄主义的民族，将他们视为自豪的命运的信仰者。他们与命运一起同心协力，每当遭遇事态变故的时候，都能够忠实地听从天命。然而，当这一信条为弱者和懒惰之人所持有的时候，它便会给人以另一种不同的印象。只有那些懦弱和恶毒的人，才会把过错归咎于命运，而如果要正确地利用命运，就应该将我们的行为提升到崇高的自然状态。一个意志坚定的人则不然，他的意志仿佛是用地球引力的绳索加以固定的，没有任何力量，没有任何劝说，没有任何贿赂，能够使他放弃自己的目的。

对命运的最佳利用方式，就是要向人们倡导一种不惧生死的勇气。一旦你明白自己是在命运天使的指引之下，你就会勇敢地直面大海上的烈火、友人家中爆发的霍乱、自己家里出现的夜贼，以及你生活之路上的一切危险。如果你认为命运于你有害，那么至少为了你自身着想，还是相信它吧。

因为，既然命运是如此无所不在，那么人也肯定是它的一部分，因而能够以命运来抵御命运。如果宇宙中存在着这样一些凶暴的不测，那么我们体内的原子在抵抗命运的时候也会同样凶暴。一支薄薄的玻璃管，如果装满了海水，就能经受住海洋的震荡与冲击。如果冲撞的威力是无限的，那么反冲力也同样具有无限的威力。

只有光到达我们的眼睛，我们才能看见，否则眼前就会漆黑一片；只有真理浮现在我们的脑海里，我们的内心才会豁然开朗。所以，我们便是立法者，我们便是自然的代言人，我们便是预言家和占卜师。

对于人类而言，即使处于命运的支配下，自由也是必需的。为了获得自由，哪怕是抛却生命也在所不惜。然而，要想获得自由，首先必须要有道德。

三

如果我们知道局限性是人类发展成长的测量仪，那么我们就不妨容忍它的存在。我们面对着命运，就像孩子在父亲的房子里面对着那堵墙壁，一年又一年地刻下自己的身高。然而，当孩子长大成人后，他便会推倒那堵墙壁，建筑起一堵新的更大的墙。这只是时间问题。每一个勇敢的年轻人都在接受训练，努力要骑上和驾驭命运这条飞龙。他要巧妙地把希望和障碍变成武器和翅膀。现在，面对命运与能力，是否能够允许我们相信它们的统一性呢？

每一股喷涌而出、威胁着我们的浊流，都可以被智慧转化为对我们有利的力量。命运是尚未被人认识的法则。海水淹没船只和水手，就如淹没一粒灰尘一样，然而只要学会游泳，学会辨认方向，那么，曾经淹没他人之船的海水就会为你让路，载着你的船扬帆前行。寒冷对人是无情的，它使你血流凝固，把你冻得像一滴瑟瑟抖动的露珠，然而只要学会了滑冰，冰雪就会给你一种优美、舒展、富有诗意的运动。

每年死于斑疹伤寒的人数要远远超过死于战争的人数，然而只要有正确的引流术①，就能消灭斑疹伤寒。航海时经常出现的坏血病，是一场可怕的灾难，然而只要有柠檬汁和其他一些很容

① 引流术：将人体组织间或体腔内积聚的脓、血或其他液体导流于体外或脏腔内的技术。

易获得的食品，就能加以治疗。霍乱和天花曾导致人口减少，然而引流术和疫苗接种结束了这种情况。任何一种疾病都具有因果规律，因而都可以被人类认识和克服。

人类以各种方式运动，以马、以风、以蒸汽、以电力。人类发誓要靠自己的能力猎获那只鹰[1]，要让万物听命于人类的使唤。

四

我承认，有关命运的话题非常令人讨厌。谁会喜欢让算命先生来断言自己命运？谁愿意相信自己的身体里早已埋下了撒克逊或凯尔特民族[2]的所有罪恶？

一个人必须感谢他的弱点，而对自己的才能，倒多少要心存疑虑。一种不寻常的才能会耗费一个人过多的精力，最终使他变得畸形，而一种弱点反而会在另一方面给他带来好处。忍声吞气是犹太人的弱点，然而正是这一弱点，使犹太人成了一个遍布于世界的伟大民族。既然命运就如矿石和采石场，既然邪恶可以变为善良，既然局限性也有力量，既然灾难、障碍、重负可以化为腾飞的翅膀——那么，就让我们接受它吧。

命运可以改变。人类进化到现在，他的每一种正义行为、每一种崭新感知，每一种他从同伴那里获得的爱和称赞，都证明他已经摆脱命运，迈向了自由。人类意志已经从妨碍它发展的枷锁

① 指希腊神话中宙斯的那只鹰，宙斯控制着那只鹰，也就控制着万物。

② 撒克逊人和凯尔特人是西欧两大民族，美国移民大多来自西欧，故如此说。

和桎梏中解脱出来。这一解脱正是世界的目的与方向。每一次灾难都是一次有力的鞭策和宝贵的启示。人类的努力即使没有百分之百地奏效，也足以表明这一趋势不会改变。

眼睛适用于光亮，耳朵适用于声音，双脚适用于大地，翅膀适用于天空，造物主创造每一种器官时都使它适用于某一种环境，两者之间是息息相关的。每个地区都有本地的动物群，每一种动物都和它的食物、它的天敌之间有一种相互协调的关系。我们要维护这种平衡，不能让某种动物太多或者太少。人与人之间也同样存在着这种相互协调的关系。

大自然迫使每一种生物都必须劳作才能生存——无论是一个星球、一只动物，还是一棵树，无不如此。星球自造其身，动物自造巢穴。一旦有了生命，也就有了自我导向，有了对物质的吸收和利用。生命即意味着自由，生命的限度和自由的限度是成正比的。

世界的奥秘就在于人与事件的关系。人创造了事件，事件也创造了人。所谓“时代”，不就是和那些作为时代缩影的杰出的人有关吗？——譬如歌德、黑格尔、梅特涅①、亚当斯②、卡尔霍恩③、基佐④、皮尔⑤和科布顿⑥等人。个人和时代、和事件之

---

① 克莱门斯·梅特涅，18 世纪末、19 世纪初奥地利政治家，曾先后出任奥地利帝国外交大臣、首相，其活动对欧洲的影响甚大。

② 约翰·亚当斯，美国第二任总统，有“美国独立的巨人”之称。

③ 约翰·卡尔霍恩，19 世纪美国政治家和政治思想家，人称“铁人”。

④ 弗朗索瓦·基佐，19 世纪初法国历史学家、政治家，曾出任复辟时期的法国首相。

⑤ 罗伯特·皮尔，19 世纪英国政治家、保守党创始人，曾两度出任英国首相。

⑥ 理查德·科布顿，19 世纪英国经济学家、“曼彻斯特学派”代表人物。

间的关系，就像一只动物和它的食物、和其他动物之间的关系，是相互协调的。他以为命运是一种异己的力量，那是因为他不知道他和命运之间的结合点在哪里。实际上，每个人做的事情都是和他相称的，他做的每一件事情都出自他的灵与肉。要知道，命运的灵魂就是我们的灵魂，就如哈菲兹[①]所吟诵的：

唉！直到现在我才知道，
我的向导就是命运的向导。

五

命运是由人的性格决定的。大自然神奇地把一个人和他的命运联系在一起，就如把鸭子和水联系在一起，把鹰和天空联系在一起，把海鸟和海滩联系在一起，把猎人和树林联系在一起，把士兵和战场联系在一起。

命运是由人的性格决定的。一个人有没有朋友，是他有没有魅力的最好证明。我们总喜欢向希罗多德和普鲁塔克[②]寻求命运的例证，其实我们自己就是明证。每个人都会有一种与生俱来的倾向，这一倾向在古老的戏剧[③]中就曾被表现出来：人总是千方百计地想逃避命运，结果却是把自己引入了命运的罗网。

---

① 哈菲兹，14世纪波斯诗人，有“诗圣”之称。

② 希罗多德，古希腊史学家、“历史学之父”。普鲁塔克，古希腊传记作家，有“智者”之称。

③ 古老的戏剧，指古希腊悲剧《俄狄浦斯王》。

关于人类的奥秘，关于命运、自由和先知这类古老的问题，有一种释疑解惑的方法，那就是建立一种换位意识。一个人要交替骑在两匹马背上：一匹叫作“个体属性”，另一匹叫作“种族属性”。他要像马戏场上的骑手那样，敏捷地从一匹马背上跳到另一匹马背上，或是一只脚踩在一匹马背上，另一只脚踏在另一匹马背上。

请记住这样一条训示：在大自然中，总有两种因素巧妙地同时存在。不管你有怎样的残疾，总会有某种神力为你作出某种补偿。善良的心灵会使人骤然间力量倍增。当天使需要骑马时，就是碎石或沙砾也会长出腿和翅膀，变成一匹会飞的骏马。

张家伦　译

冥冥中的命运之神

[美] 纳撒尼尔·霍桑

纳撒尼尔·霍桑（Nathaniel Hawthorne 1804—1864），美国小说家，重要作品有长篇小说《红字》《带七个尖顶的阁楼》《福谷传奇》和《玉石人像》等。

本文选自《霍桑作品集》，编者对题目稍作了改动。

这是一个寓言故事。一个名叫戴维·斯旺的年轻人在一棵树下睡了一个小时，其间他的命运有三次可能改变，但最终却什么事也没有发生：一对富商夫妇路过，看他睡在那儿，想叫醒他，收他做儿子，以后继承他们的家产，但正在这时，有人把他们叫走了。一个姑娘看他独自睡在那儿，对他好像很感兴趣，但他没有醒来，那姑娘不好意思叫醒他，走了。两个强盗走来，想抢他枕在头下的包裹，正当他们拿着刀准备动手时，一只狗走来，两个强盗害怕狗的主人就在后面，跑了。他醒来，对此一无所知，也走了。

就这么一个故事。什么意思呢？用作者的话来说，就是：“假如预先知道我们的命运变化的各种可能性，那么生活就会充满过多的希望和恐惧，充满过多的惊异和沮丧，使我们得不到片刻的安宁。”——这是他一开始就点明的，在结尾时又作了强调。

对于那些可能影响我们一生的事情，我们知之甚少。这类事情中的某些——如果可以回忆得起来的话——就在我们身边而没有引起我们的注意，来去无踪，没有留下痕迹。假如预先知道我们的命运变化的各种可能性，那么生活就会充满过多的希望和恐惧，充满过多的惊异和沮丧，使我们得不到片刻的安宁。下面请听一个关于戴维·斯旺的故事：

我们发现戴维·斯旺，是他二十岁那年在从他的故乡通往波士顿的大路上；在此之前，我们和他并无关系。他的叔父在波士顿，是个商人，为他在自己的店里找了工作。这是夏季里的一天，他迈着双腿，从早晨起走到了正午。他又累又热，决定找个阴凉的地方坐下，等候驿车。没多久，他便来到一处，这地方泉水涌流，树丫成荫。他蹲下来，大口喝着沁人心脾的清泉；然后，他在柔软的草地上躺下，头枕着他的小包裹。

他在树荫下睡觉，行人们却在大路上匆匆走过，有步行的，有骑马的，还有乘坐各式各样车辆的。有的既不朝左边看，也不朝右边看；有的在经过戴维睡觉的地方时，朝这边匆匆一瞥。没有旁人时，一个中年寡妇停了下来，她仔细地瞧了瞧戴维，自言自语地说，小伙子睡觉的模样真逗人；一个强烈反对酗酒的牧师，看到戴维后就认为他是酒喝多了，下个礼拜天在教堂里布道时，他将举出可怜的戴维作为酗酒的可怕一例。

戴维睡着后不久，一辆华丽的四轮马车，停在了他睡觉的前方。有一匹马的脚伤了，车夫想让马歇会儿。车里走出一位富商和他的妻子，打算利用这个时间到树下去休息。他们看到了泉水和睡在旁边的戴维。他们轻轻地走着，尽量不让弄出的响声把他吵醒。

“睡得真香，”老绅士说，“他的呼吸多平静，多轻松！我要是能像他这样睡觉的话，那就太有福气啦！不吃安眠药能睡得这么好，说明他身强体健而又无忧无虑。”

“此外还意味着年轻，”他的妻子说，“我们这些上了岁数的人再也不能像他这样睡得香甜。”

老夫妇对这位安静地睡着的年轻人越来越感兴趣。

“他好像有点像我，”那老女人对她丈夫说，“他很像我们亲爱的儿子。我们叫醒他好吗？”

“为什么？”丈夫说，“我们并不知道他是怎样的人。”

“这样善良的脸，”妻子语调文静地回答，“这样天真无邪的睡眠！”

谈话在继续，戴维一动也没动，面部所有的表情都表明他不知道这两个人正以极大的兴趣在观察他。然而，幸运之神正站在他跟前。这老者和他的妻子都很富有，他们的儿子最近死了，他们的全部财产，将来没有人来继承。这种情形下，人们很可能会唤醒一个年轻人，然后认他做自己的儿子，然后让他成为他们的财产继承人。

“我们叫醒他吧！”那老女人又说。

忽然，驿车的车夫叫道：“我们可以走啦，先生。马也歇过了。”

老两口顿住了，有点吃惊地对望了一下，接着就急急走向马车。一坐进马车，认戴维做儿子的全部想法就一下子变得很可笑了，他们甚至还为自己竟有这种奇怪的想法而感到惊异。过了一会，那老绅士就开始对他妻子讲述他的计划：他死后，所有的钱都用来建立一个慈善机构。此时，戴维还在那里甜甜地睡着。

过了不到五分钟，有个年轻姑娘走来。她步履轻快，神采飞扬。她很美。她在泉水旁停下来喝水，自然也就发现了睡在那里的戴维。起初，她有点慌乱，觉得自己好像冒失地闯进了一位绅士的卧室。就在她准备不声不响地离开时，她忽然看到有只硕大的蜜蜂在睡着的戴维头上嗡嗡地盘旋。于是，她就挥了挥手帕，把那只蜜蜂赶走。做过这个善良的举动后，她低头对戴维凝视了一会儿。

“他长得真英俊。”她喃喃地说。

可是戴维一点不知道，脸上也没有露出笑容。他既没有高兴的表示，也没有感谢的意思。也许，这个姑娘正是他梦中的情人；也许，这时他如果醒来，会和她说话，也许会和她一起同享幸福人生。

“睡得真熟啊。”姑娘说。

她走了，好像若有所思。

姑娘的父亲是附近一家大商铺的老板。最近，他正想找一个像戴维·斯旺这样的小伙子。如果戴维刚才醒来，认识了这个漂亮的姑娘，他也许就会成为她父亲店里的一个伙计，也许就会和这个姑娘成亲。唉，好运气又一次和戴维擦肩而过。

姑娘的身影刚刚消失，就有两个人离开大路，来到这树荫下。两个人都是黑黑的脸庞，帽檐压得很低，再低就要遮住眼睛了。他们是两个强盗，随时准备谋财害命。

看见戴维睡在泉水旁边，其中一个对他的同伙说：“喂，看见他脑袋下有个包裹吗？”

“嗯，说不定里面有钱包，钱包里有钱。”另一个说。

“要是他醒了呢？”第一个说。

听到这话，他的同伙从腰里抽出一把很长的刀，朝戴维的方向晃了晃。

“就用这个对付他！”他说。

他们一步一步走近熟睡的戴维，准备从他的头底下抽走包裹。戴维仍然静静地睡着。

“你去拿包裹。只要他一动，我就解决了他！”拿刀的那个说。

可是，就在此刻，一只狗从大路上跑来，在泉水旁喝水。那两个人突然停下了，其中一个从衣兜里掏出一把手枪。

“慢着！”另一个说，“现在什么也别干了，说不定狗的主人就在后面！”

“对，对，”前一个说，“我们还是赶快离开这儿！”

于是，两个人就像来的时候一样，鬼鬼祟祟地走了。几分钟后，他们就把这件事情忘了。

戴维睡了将近一个小时，然后他动了动身体，仍半睡半醒地躺在那儿。几分钟后，忽然传来马车轮子的辘辘声。

驿车来了。戴维跳起来，跑过去，刚好赶上喊住车夫：“喂，赶车的！还有位子吗？”

“车顶上有！”车夫答道。

戴维爬上了车顶。车夫驱动了马车。马在大路上奔跑起来。戴维对他刚才睡过的那个地方连头也没有回一下。他现在正想着别的事情，想着他接下去要做什么。他不知道，就在刚才，幸运之神曾对他微微一笑，差一点就把一笔巨大的财产或者一段甜蜜的爱情给了他。他也不知道，就在刚才，曾有强盗用刀指着他，死神离他那么近——这一切，都发生在短短的一个小时里。

生活就是这样，以许多奇特的方式和我们发生联系。幸运的是，对于我们身边发生的许多无结果的事情，我们自己并不知晓；否则，生活就会充满过多的希望和恐惧，充满过多的惊异和沮丧，使我们得不到片刻的安宁。

曾国平　译

智慧与命运

[比利时] 莫里斯·梅特林克

莫里斯·梅特林克（Maurice Maeterlinck 1862—1949），比利时剧作家、诗人、散文家，曾获1911年诺贝尔文学奖，重要作品有剧作《青鸟》《盲人》、诗集《温室》、散文集《蜜蜂的生活》和论著《智慧与命运》等。

本文是《智慧与命运》的节选，文中序号为编者所加。

题为"智慧与命运"，意思就是：只要有足够的智慧，就能战胜命运——至少，可以削弱命运的影响。为什么？因为，命运和人的本能之间有着密切联系；所谓"命运"，很大程度上就是人无法控制自己的本能。那么，人有可能控制自己的本能吗？可能的，因为历史上最有智慧的人——譬如苏格拉底，譬如耶稣基督——已经为我们做了示范。那么，如何才能成为有智慧的人？回答是：认识自我。那么，如何认识自我？回答是：除了要有理智，还要有爱心，因为真正的智慧与爱心密不可分。反过来说，要爱他人，才会认识自我；认识了自我，才有足够的智慧控制自己的本能；控制了自己的本能，才能不受命运的摆布。

梅特林克的这种"本能即命运"的观点，或许就来自叔本华的"意欲即命运"；但他显然比叔本华乐观，认为本能是可以控制的，而叔本华则是悲观论者，认为人的意欲是宇宙意欲的一部分，任何人都无法抗拒。

一

我们越是明智，就越能摆脱某些与生俱来的命运的控制。每个人都有对智慧的某种追求，这种追求能把大部分生活经历纳入意识之中，而凡是纳入意识的东西，便不再属于外部势力。你的痛苦会被你的心灵化为柔情、体谅和宽厚的微笑，而当你回想起它们时，它们已带有精神的性质。这时，你曾经犯过的错误就不会再对你和他人造成伤害。

在我们的本能和命运之间存在着密切联系；它们手拉着手，把无知者围在中间，任意摆布他。反之，如果一个人有能力控制自身的本能，也就有能力削弱命运对他的影响，他甚至可以用自己的智慧营造一个不受命运侵犯的藏身之所。只要让苏格拉底或耶稣基督置身于阿特里代兄弟中间，只要让他们中的一个进入阿伽门农的宫廷，俄瑞斯忒斯的悲剧就不会发生；只要他们中的一个坐在伊俄卡斯忒的门口，俄狄浦斯就不会弄瞎自己的眼睛①。确实，智慧曾多次战胜过命运；只要有智慧在场，命运就不敢为非作歹。甚至，只要有智者从人们身边经过，就能消除上千个悲剧。

---

① 阿特里代兄弟，古希腊传说中国王阿特柔斯的两个儿子阿伽门农和墨涅拉俄斯的合称。俄瑞斯忒斯：阿伽门农之子。阿伽门农的妻子及其情夫把阿伽门农害死，又迫使俄瑞斯忒斯流落异乡。伊俄卡斯忒：俄狄浦斯的母亲。俄狄浦斯受命运的作弄，无意中杀父娶母，他得知真相后悔恨交加，弄瞎了自己的双眼。

二

智者的存在必然会改善命运；可以说，没有任何一位真正的智者会陷入悲剧之中；若是有这样的智者出现，事件就会自然停止，而不致发展到流血流泪的地步。不仅在智者之间不可能发生悲剧，在智者的身边也很少发生。很难想象，在严肃而又全面地研究过自己意识的人当中会发生悲剧事件；他们从未体验过重大悲剧人物所具有的灵魂。正因为如此，悲剧诗人只能展示或多或少受到束缚的美；一旦他的人物上升到真正的英雄应当达到的高度，他们手中的武器马上就会被夺走，悲剧也就会变成沐浴着阳光的休息。我们只是在《斐德若篇》《普罗米修斯》、基督的激情、俄耳甫斯的被杀或是安提戈涅的牺牲等事件中看到智者的悲剧[①]。然而，除了这极少数由智慧造成的悲剧之外，我们看到，悲剧诗人很少让智者出现在舞台上，哪怕仅仅是一瞬间。他们担心高级灵魂的出现，因为事件害怕高级灵魂；而有智者在场时所发生的屠杀，与尚未意识到自我的世人在场时所发生的屠杀，大不一样。如果俄狄浦斯能掌握每个思想家都可能掌握的某些真理，如果他能在自身找到马可·奥勒留[②]等智者在自身创造的开放性避难所，厄运能有什么作为呢？因为每个伟大的灵魂都会在

---

① 《斐德若篇》：柏拉图著作。《普罗米修斯》：古希腊戏剧家埃斯库罗斯的悲剧作品。俄耳甫斯，古希腊传说人物，音乐神童。安提戈涅，古希腊传说人物，被活埋在国王陵墓中。

② 马可·奥勒留，罗马帝国皇帝、哲学家，后期斯多葛学派代表人物，著有《沉思录》。

不幸中变得更美，从而放射出这种灿烂的光辉。

俄狄浦斯悲剧中的智者何在呢？能认为忒瑞西阿斯[1]是这样的人吗？他知晓未来之事，但却不明白善良和宽容主宰着未来。他知道神灵的真理，但却不知道人类的真理。他不知道，智慧会去拥抱不幸，使之明白自己的力量。那些似乎什么都知道的人，若是不拥有爱的力量，实际上就什么都不知道。因为真正的智者不只是长着眼睛，还要对事物看得尽可能长远，对人爱得尽可能深。视而不爱，无异于面对黑暗。

三

有人迷信，我们所看到的一切伟大的悲剧似乎都是人与厄运斗争的情景。我的看法则与此相反：没有任何一部悲剧的主宰力量是厄运。我认真观看了所有的悲剧，没有发现哪一部的主人公是同纯粹的厄运斗争。实际上，其主人公从来不同厄运、而总是同智慧斗争。毋庸置疑的厄运只表现在某些外在的不幸中，比如疾病、不幸的遭遇和爱人的突然死亡等。可是绝对不存在内在的厄运。智慧的意志有权纠正一切使我们的肌体受到致命打击的东西。这一意志有时甚至能够深入外部厄运的狭窄范围。的确，自己应当事先积聚有分量、有耐性的财富，使这意志在关键时刻能够获得行动所必需的力量。

① 忒瑞西阿斯，古希腊传说人物，曾向俄狄浦斯预言战事的成败。

四

命运的雕像往山谷里投下巨大的阴影，似乎要将这山谷变得一片黑暗。可是这一阴影在那些从山坡上往下看的人的眼里，显现出清晰的轮廓。我们的确是出生在这阴影之中，可是我们当中的许多人注定会摆脱它：即使我们的弱点和毛病将我们束缚在阴影所笼罩的地方，直到我们死去，我们的愿望或思想中暂时摆脱它的可能性也颇有意义。或许，由于遗传、天性或是其他尚未研究的更难以捉摸也更为深刻的法则，命运会特别强烈地主宰我们当中的某些人，可是，即使它以无缘无故的巨大灾难毁灭我们之时，即使它强迫我们去做我们所不情愿的事情之时，它对我们内心发生的事情也不会产生影响。厄运在损伤具有良好意志的心灵时，无法不让饱经忧患的不幸或业已反省的迷误在这心中发现光明的源泉。它无法阻挠心灵将自己的每一次体验改造成思想或感情不可分割的财富。无论厄运的力量多么强大，只要在心灵的门口看到内心世界的一个一声不吭的警卫，它就会停止脚步。即使我们允许它进入隐秘的殿堂，它也只是作为善意的客人才能进入其中，并且发挥活跃沉重气氛、恢复安宁、扩大光明、加强透明度和展示前景的作用。

五

我们再问一个问题：若是厄运一时走神，不是将其圈套安放在俄狄浦斯，而是安放在伊壁鸠鲁[1]、马可·奥勒留或者忠诚的安东尼[2]面前，它会做出什么样的事来？

我甚至会同意这样一种假设：它可能会让安东尼这样的人像俄狄浦斯一样去亵渎自己母亲的卧榻。可是，它能在高尚神父的灵魂中动摇什么呢？这一事件的结局是否会与智者生活中所有其他悲剧的结局相似呢？这一事件是否会变成巨大的痛苦抑或巨大的光明呢？这光明产生于巨大的痛苦，并对命运的阴影取得了一半的胜利。安东尼或许会像所有的人一样痛哭；可是再多的眼泪也浇不熄心中的光源发出的光辉。对于明哲之士，从痛苦通向绝望之路相当漫长，智慧也永远不会将这条路走到底。安东尼的生平向我们表明，在他所达到的道德高度上，越来越博大的思想，越来越高尚的感情，会使所有的泪水都变得光彩夺目。他或许会将不幸纳入自己心灵中最宽广、最纯洁的领域，而不幸会像水一样注入容器之中，并随着容器的不同而改变形状。我们还假设，安东尼会屈服于命运。的确还应指出，这种说法往往会向我们隐讳伟大人物心中所发生的情况。涉世不深的心灵容易觉得自己服从了命运。可是，那慰藉、净化和使我们变得高尚的并不是服从本身，而是促使我们服从的思想和美德。智慧就是这样根据为其效劳者贡献的大小来给予相应的奖赏。

有些思想是任何灾难都无法损伤的。一个珍惜思想的人若是希望少受命运的伤害，通常只消使这思想超越日常成见、冷漠和

---

① 伊壁鸠鲁，古希腊哲学家、斯多葛学派创始人。
② 马克·安东尼，古罗马军人、恺撒的副将，以对恺撒的忠诚而著称。

自私就行了。这就是为什么在幸运和灾难之中，最幸福的往往是那种将最高尚的思想与最强烈的激情在心中结合起来的人。若是厄运愿意，它或许可以让虔诚的安东尼成为乱伦者和杀人凶手。不过，他内在的生命不会像俄狄浦斯那样死去，而是会因所爆发的灾难而变得更加坚强；厄运则会丢盔弃甲，狼狈逃窜。因为如同执政官和独裁者只能在罗马逞威风一样，厄运只能在一般人的心中获得真正的胜利。

六

在《哈姆雷特》《李尔王》和《麦克白》中，厄运占有何种地位呢？它的王位难道不是安放在老国王疯狂的心中，不是安放在年轻王子想象的低级阶梯上，不是安放在考特爵士病态欲望的顶峰？且不说麦克白与科尔德丽娅的父亲[①]的无意识过于明显，谁也不会怀疑，而哈姆雷特，思想家哈姆雷特，难道不聪明吗？可是他能从足够的高度来看待发生在艾尔西诺[②]的罪行吗？他的确是从智慧的高度来观察它的；可是在智慧光辉所映照的山脉中，善良、信任、宽容与仁爱的巅峰岂不高矗于智慧的巅峰之上吗？如果他是从马可·奥勒留或费纳隆[③]等人的高度来观察艾尔西诺发生的罪行，会出现什么样的情况呢？首先会是这样：当罪

① 科尔德丽娅的父亲，指李尔王。

② 艾尔西诺，哈姆雷特的叔叔克劳狄斯杀兄篡位的罪行发生在艾尔西诺城堡。

③ 费纳隆，17 世纪末、18 世纪初法国作家、主教。

恶感到更强大心灵的目光在注视它时，它会停下迈向黑暗的脚步，犹如白昼的阳光照进蜂房时，蜜蜂会停止自己的工作一样。

至少，克劳狄斯与乔特鲁德[①]所遭遇的真正厄运——我们只有在作恶之后，才会受到厄运的控制——乃是内在的厄运，它会在恶人的心中继续发展。可是，难道它能冲出去吗？它能逾越那只要有一位明哲之士在场就会被推到门口的围墙吗？即使不那么明智的人的命运不由自主地参与明哲之士的命运，这明哲之士的命运也很少会受到前者命运的影响。在厄运问题上，如同在地球上的任何地方一样，河水不会向自己的源头倒流。不过，回到先前的假设时，你是否可以想象，如果处于艾尔西诺的哈姆雷特心灵位置的是一颗像基督的心灵那样强大而又威严的心灵，悲剧能否照旧继续下去，直到在最后一场死去四个人？你觉得这可能吗？面对深刻的智慧时，最高明的犯罪岂不也会变得像我们晚上为小孩安排的表演吗？岂不像阳光一照到马上就现出原形的可怜相与谎言吗？你能够想象自己会在艾尔西诺自然形成的黑暗中，在生活中见到基督或是某个普通的明哲之士吗？如果不是盲目的思想，那么是什么东西对哈姆雷特说，他一生的唯一使命是复仇，并催促他采取行动呢？难道真需要超人的力量才能明白，复仇永远也不是唯一的使命？再重复一句，哈姆雷特虽然想得很多，但他并不是明哲之士。他甚至想不出全副武装的厄运的弱点在哪儿。并非只要用高尚的思想武装起来，就能在任何时候战胜命运，因为命运还能用更加高尚的思想来对抗高尚的思想。可是什么样

① 克劳狄斯，哈姆雷特的叔父，丹麦国王。乔特鲁德，哈姆雷特的母亲。

的命运曾经顶住过温和、普通、善良而又正直的思想呢？制服厄运的唯一手段是对抗它想叫我们所作的恶。生活中并不存在不可避免的悲剧。艾尔西诺的灾难之所以会发生，是因为所有的心灵都拒绝观察，只有富于活力的心灵才能迫使其他心灵睁开眼睛。

注定雷欧提斯、奥菲利亚、乔特鲁德、哈姆雷特和克劳狄斯死亡的，如果不是哈姆雷特自身可怜的疑惑，又是什么呢？难道这疑惑是不可避免的吗？是否应当在人的思想无力解除生活的毁灭性力量的地方去发现命运呢？对厄运而言，它表现自己的天地是十分宽广的。我在迎面倒下来的墙壁上，在使轮船沉没的暴风雨中，在夺走我们爱的那些人的性命的瘟疫中，看到了厄运的威力。可是，谁若不承认厄运，它就永远也休想进入他的心中。哈姆雷特之所以不幸，是因为他一直在与人性格格不入的黑暗中徘徊，他的不幸是他的无知所造成的。世界上没有任何力量像命运那样乐于服从敢对它发号施令的人。

即使霍拉旭[1]能在最后一刻支配命运，他也没有足够的力量走出主人的阴影。只消艾尔西诺有一颗心敢于喊出一句真话，艾尔西诺的故事就不会在仇恨与恐怖的泪水中结束。险恶的情况会在智慧的手中变得像割下来的一截芦苇那样柔软，可是也会在无知的手中变成可以置人于死地的硬邦邦的戈矛。再重复一遍：一切并非取决于命运，而是取决于最聪明者的智慧。由于哈姆雷特比所有的人都聪明，所以他便成了在艾尔西诺展现的悲剧的中心。而哈姆雷特的聪明程度只取决于他本人。

---

① 霍拉旭，哈姆雷特的近侍。

七

如果你不相信凭想象创作的悲剧，你可以关注真实历史中的一个巨大悲剧。你会在那儿，在命运与人之间，看到同样的关系、同样的习惯、同样的忍无可忍的爆发、同样的服从与抗争法则。你会看到，我们喜欢称为厄运的最重要的部分，在那儿无非是一种人为的力量。这一力量的确十分强大，但它很少是不可克服的。它不是突然从冷漠无情、不可企及、不可思议的无底深渊中冒出来的。它是由我们弟兄的力量、欲望、思想、痛苦和激情构成的。因而我们应当理解这些与我们激情相似的激情。即使在最可怕的时刻，在最神秘、最出人意料的灾难中，我们任何时候都勿需同无形的或一无所知的敌人作斗争。没有任何必要去扩大不可避免事件的范围。真正强大的人知道，他们并不了解所有敌对的阴谋势力。不过，对于已知的敌对势力他们则进行英勇的斗争，就像不存在其他敌对势力一样，并且常常取得胜利。到那一天，当我们的无知或漫不经心不再将力量与智慧视为自然和人性的东西称之为厄运时，我们的安全感、我们的和平与幸福才会大大加强。

八

成为智者意味着认识自我。可是，即使只对自己有一点点肤浅的认识，也会明白真正的智慧比一般的认识深刻得多。只有为了让意识向我们展示的无意识越来越高尚，我们才乐于去扩大意识。最纯粹的智慧的源泉就在这新的无意识的顶峰。所有的人都继承同样大的一份无意识，但是这无意识的一部分系在正常意识的这一面，另一部分则在那一面。大多数人走不出第一圈的界限。然而钟情智慧者若不找到通向第二圈的道路，就不会安静下来。我若是恋爱，并且达到人可能对于自己爱情的最充分的意识，这种爱情就会放射出大不一样的无意识光芒，而不会像寻常爱情那样黯然失色。后一种无意识赋予我们兽性，前一种赋予的则是神性。只有我们不再感觉到第一种无意识的时候，对于神性的感受才会变得明显。我们永远也摆脱不了无意识，但我们可以无限完善我们陷入其中的无意识的本质。

九

成为智者并不意味着只崇拜自己的智慧，也不意味着让这一智慧轻轻松松地战胜低级本能。如果这些胜利不能让智慧高度地顺从另一种本能——心灵的本能，它们就不会有什么益处。之所以每天都必须取得这种胜利，是因为这能让它们更加自由地展现在更加神圣的本能面前。它们的目的并不包含在自身。它们仅仅是为了给我们心灵的命运铺平道路，这种命运永远是纯洁而又光明的。

十

理智永远为智慧打开大门，但是最富于活力的智慧并不存在于理智之中。理智会对恶关上大门，只有我们的智慧才会在地平线上为善打开另一扇门。理智善于防范、禁止、退却、排斥与消灭，智慧则善于进取、整顿、移近、归并与创造。智慧与其说是纯理智的产物，倒更像我们心灵的某种饥渴。因此真正的智慧必定会完成的上千种行动，理智要么不予鼓励，即使鼓励也得在许久之后。有一天，智慧对理智说，应当以善报恶，爱自己的敌人。理智在这一天登上自己王国的最高点之后，才对此表示同意。但是智慧并不满意。于是，作为一个不满足者，它独自继续进行更遥远的探索。

十一

“这合乎理智”与“这很明智”这两种说法存在着巨大的差异。合乎理智之举并非任何时候都明智，而明智之举在过于冷漠的理智的眼里有时会显得不合乎理智。比如，理智会产生正义，智慧则产生善良。而照普鲁塔克[①]的说法，善良“铺得远比正义长”。英雄主义取决于什么？是取决于理智还是取决于智慧？可以说，智慧不是别的什么东西，而是与我们的道德生活相适应的无限感。的确，理智也天生具有无限感，但它的这种感觉是一种死板的事实。理智不必考虑这种生活感受，在一切方面都依靠自己；而智慧的智慧程度，则与无限积极驾驭它的一切行为的程度有关：

理智不讲爱，智慧则对爱极其重视。最高尚的智慧与最纯洁

① 普鲁塔克，罗马帝国时期的希腊学者、传记作家。

的爱心并无多大区别。而爱是无限最神圣的形式。同时，毫无疑问，正因为它是神圣的，它才富于深刻的人性。或许，因此应当说，智慧乃是神的理智对于人的理智的胜利吧？

十二

不能过分强调符合理智，智慧也无权一味依赖理智。其理智不能服从爱的呼唤者，不能称之为智者。若是基督与英雄们不善于服从，他们能有什么作为呢？然而谁能断言，英雄不比那些原地不动、只听从自己理智的人明智呢？必须不断重申：应成为真正智慧容器的不是理智，而是爱。的确，理智萌生于智慧之根，但是智慧并非理智之花。在作其他的比喻时，可以说，我们所指的并非似乎是智慧孙女的逻辑性智慧，而是可以称之为爱的亲姐妹的另一种智慧。

理智与爱起初在追求完美的心中互相斗争，而最后，才从爱与理智缔结的和平中产生出智慧。理智让给爱的权力越大，这和平就越深刻。

十三

智慧是爱之光，而光以爱为营养。爱越深刻，就越明智；而智慧越高尚，就越接近爱。你若是爱，你就会变得明智；你若是变得明智，你就应当爱。只有变得更加完美，才能真爱，而完美即意味着明智。世界上无论什么人，从他爱上另一个人的那一刻起，他就会使自己心灵中的某些东西变得更加美好，即使只是寻常之爱。而那些富于爱心的人，之所以会不断爱人，仅仅是因为其自身在不断完善。爱哺育智慧，智慧也为爱提供营养。它们形成一个光圈，让富于爱心者在其中心与富于智慧者拥抱。智慧与爱密不可分。在斯威登堡[①]的乐园中，夫妻即是“智者对智慧之爱”。

十四

“我们的理智，”费纳隆说，“仅存在于我们明确的思想。”可是，我们或许可以补充说，我们的智慧，亦即我们的心灵和性格中的一切美好的东西，主要存在于尚未完全明确的思想之中。在生活中如果只遵循自己明确的思想，你就有难以赢得爱、难以赢得尊敬的危险。实际上，我们用来说服自己必须精神抖擞、坚持正义、襟怀宽广并且珍视我们所能企及的最高尚的感情等的理由，都是最不清楚的。幸好我们获得的明确思想越多，就越更尊重那些尚不明确的思想。应当努力储备尽可能多尽可能明确的思想，以便在自己心中唤起尽可能多依然模糊的思想。明确的思想有时会支配我们的外部生活；但是在我们的内心生活中，不明确的思想却无疑处于主导地位。而可见的生活终究总是服从于我们所看不见的生活。不过，我们模糊思想的数量、质量和力量取决于明确思想的数量、质量和力量；完全可能，我们所寻求的大多

① 斯威登堡，17 世纪末 18 世纪初瑞典神秘主义哲学家。

数终极真理尚藏身于我们大量的模糊思想中，无人问津，正在耐心地等待自己的时辰。应当缩短它们等待的时间。我们在自身唤起的每一种美好的明确思想，也都会唤醒美好的模糊思想。而当模糊思想由于展示而变得明确时——完全明确的思想岂不往往是其衰老的标志吗？——又会把另一种更加美好、更加高尚的模糊思想从梦中唤醒。或许，从这些思想中，会有一种不倦地摸索着，从一排排酣睡的思想中走出来，随着时间的推移，用它几乎无形的小手偶然触摸到真理。

十五

明确的思想、模糊的思想、心、智力、意志、理智、灵魂——这些词语其实所指的都是同一样东西，即个性的精神财富。毫无疑问，灵魂不是别的什么东西，而是我们智力的最美好的愿望；而上帝也无非是我们灵魂最美好的愿望。在所有这些方面都存在着许多尚不清楚的东西，我们顶多只能尝试通过贯穿平面而又往往比平面更黑的轮廓线将它们区分开来。认识自我，或许是我们唯一可以接受的理想。这种认识乍看起来似乎仅仅取决于我们的理智；可是，它真是取决于理智吗？又在多大程度上取决于理智？最完美、最正直的人，换句话说，道德最高尚的人，岂不就是最清楚自己在宇宙中的地位的人？可是谁能真正相信自己清楚这一点？难道最高尚的道德没有将自己的根长进神秘无意识的领域里去吗？我们智力的最美好的愿望只贯穿我们的智力；但是，如果认为粮食堆在路上仅仅是因为有人把它们从这条路上运过，那就会犯错误。只有当理智巡视自己的领地时每一步都超出领地的范围，这理智才是最清醒的。

不过，我们只是在开始时借助于智力来美化这一愿望。其余的东西并不完全取决于我们。但这些东西只有在被智力呼唤上路之后才会进入运动状态。理智是我们智力的长子。自从智力将地下室的门打开以来，它就一直平静地坐在我们道德生活的门槛上。这地下室中的囚徒——我们自身最富于活力的本能力量——就在那儿昏睡。它等待着，手里拿着火炬。只要它在那儿，任何不完全符合光明本性的东西都休想接近这大门。远处，在它的光明所照不到的地方，依然继续着黑暗的生活。理智不仅不因此而感到担心，甚至有几分高兴。它知道，在它所仰慕的上帝的眼中，一切尚未跨出光明门槛的东西，无论是梦幻、思想还是行为，都无力为它所形成的理想事物增加什么东西，也无力剥夺什么东西。它的火炬的使命在于：光焰尽可能明亮，照得尽可能远，并且永远不离开自己的岗位。当低级的本能和昏暗感到激动的时候，它依然保持平静。然而，比它更灿烂夺目的力量有时会在熟睡的囚徒中出现，并且向大门移动。它们的光辉比它用手保护的平静而又明晰的光辉更加游移不定、难以捉摸。这是爱的力量，难以企及的幸福的力量。还有一些更加神秘、更加无限的力量也在请求让它们出去。怎么办？即使理智在它有权占有现在的地下室之前就坐在门槛上，它那时也不敢想象世界上不只有它自己，它会惊慌失措、恐惧万分地用力把门关上。若是它后来稍微把门打开一点儿，也只会在下面昏暗的阶梯上发现一堆轻飘飘的灰烬。

可是，它之所以依然强大、不可动摇，是因为它尚未懂得的一切至少教它明白，任何光明都不可怕；在理智的生活中，为了更伟大的光明，可以拿理智本身去冒险。那时，在门槛上就会出现一种光明代替另一种光明的换岗。无知的油珠会和人类智慧的油珠混合在一起。而当闪耀着光辉的外乡人从它身边经过时，它手中火炬不断更新的光焰会燃得更高，更辉煌，在业已扩大的天地中显得更加纯洁。

十六

现在，我们且撇下孤独的智慧，回到那在人类命运的大军中奔向坟墓的命运。难道可以断言，智者的命运永远也不会接触到罪人或疯子的命运？恰恰相反，各种生活都往往会交织在一起，在许多事件组成的布料上，金丝线往往与其他丝线纠缠在一起。较之在正义、爱与真理的目光下不会失去其尖锐性的俄狄浦斯和艾尔西诺王子[①]的痛苦，有些痛苦发展得比较缓慢，看起来也不那么可怕。那些谈论智慧的优点的人，只有当他们真诚地、不痛苦也不傲慢地意识到，凡是蠢人和恶人不能看到的东西，智慧也几乎不会全都展示给它的忠仆时，他们才最为聪明。人们所理解的事物中，即使智者经常在附近也不会发生多大变化。这是因为智者要么来得太晚，要么去得太快，从而未能发生真正的接触；最后，或许还因为它必须同在过于漫长的时间里积聚起来的大量

① 艾尔西诺王子，即哈姆雷特。

敌对势力作斗争。智者不会创造外部的奇迹，他只能拯救按通常的生活法则能够拯救的东西。而他自己也会轻易地被无情的巨大风暴带走。然而，即使在死去的那一刻，他也有权对自己说，他并未在几周乃至几年的漫长时间里作为自己灵魂死亡的无能为力而又绝望的见证者；对于其他人，这种情况几乎是经常发生的。现在，我们得彻底弄明白，按照包含着两种生活的真正生活的法则拯救人，并不总是意味着将他从死亡的手中夺回来，或是使他摆脱外部灾难；而主要是指将他变得更优秀，从而变得更幸福。从道德上拯救即是全部任务；不过，如同生活顶峰发生的一切情况一样，这显得似乎并不那么重要。一个忏悔了的强盗，难道不仅是在基督教的意义上得救，而且也是在“得救”这一词汇完美意义上的得救吗？尽管同时他必须死去，但他的死是永恒的幸福，因为他在生命的最后一刻赢得了爱心，因为无限智慧者向他表明，他的灵魂并非没有价值，它同样善良，并非默默无闻地度过一生……

陈训明　译

关于命运

[法] 阿兰

阿兰（Alain 1868—1951），笔名，真名埃米尔-奥古斯都·夏蒂耶（Émile-Auguste Chartier），法国哲学家、著述家，一生著述丰富，涉及历史、哲学、宗教、文学、教育等多个方面，重要著作有《艺术体系》《读巴尔扎克》《幸福散论》和《思维与年龄》等。

本文选自《幸福散论》，题目系原书所有。

关于命运，本文有一个独特的观点，即认为，个人的内心意愿，很大程度上就是个人的“命运”，因为这意愿是你既无法摆脱，也难以改变的，就如人们平时所说的命运。有些人抱怨自己命运不好，生活不如意，其实他们之所以“不如意”，往往不是命运不好，碰巧倒霉，而是他们根本就没有真正“意”过，也就是他们根本就没有真正的、强烈的意愿。如果真有这样的意愿，他们很可能就“如意”了。那么，为什么有些人会有强烈的意愿，有些人却没有呢？那就天知道了，所以我们可以把它叫作“命运”。

实际上，本文所谈到的“意愿”，就是哲学上所说的“意志力”，而一个人的意志力大小，通常是由性格决定的。所以，说“意愿”是“命运”，也就是说——“性格即命运”。

伏尔泰①说过："命运牵着我们走，拿我们开心。"这句话出于这个如此坚定地维护自己的信念的人之口，着实叫我惊讶。命运对我们常以暴力相加，显然，笛卡儿②碰上飞来的石头或者炮弹也会死于非命。这些力量能在顷刻之间使我们统统从大地上消失。不过，外部事件虽然轻而易举就能杀死一个人却不能改变他。我常赞叹人们怎样坚定不移地走向他们自己选择的归宿，怎样使一切都从属于这个目标。像狗把吞到肚子里的鸡变成自己的肉和脂肪一样，人也消化他遇上的事情。性格坚强的人锲而不舍，他们总能在变幻莫测的事物中间开辟通道。强者的特点是他在所有的东西上打下自己的印记，其实一般人也具有这种力量。对于人来说，一切都像衣服那样随人的体形和动作改变褶纹。换了一个主人，一张桌子上的陈设、一间办公室或卧室的布置随即改变——或者变得井井有条，或者变得杂乱无章。大大小小的事情接踵而来，我们根据外部标准判断它们是好事还是坏事，但是处理这些事情的人不管他应付得是好是坏，总会像老鼠打洞一样按照自身的形态钻出一个窟窿。请你仔细看：他做成了他愿意做的事情。

"年轻人希望得到的东西，老年人那里应有尽有。"这是歌德在他的回忆录开头引用的谚语。有些人善于根据自己特有的方式塑造任何事物的面貌，歌德便是这种人的光辉榜样。当然，不是任何人都能与歌德相比，但任何人都是他自己。一般人留下的

---

① 伏尔泰，18 世纪法国启蒙哲学家、文学家。

② 笛卡儿，17 世纪法国理性主义哲学大师。

印记可能不那么漂亮，但他们也到处留下印记。他们愿意得到的东西未必高尚，但他们确实得到了这件东西。这样的人不是歌德，而且也根本不想当歌德。斯宾诺莎[①]最理解这种不能克服的、鳄鱼般的本性，他说人不需要达到马的完美。同样地，谁也用不着歌德的完美。但是你且看商人，不管他在什么地方，甚至在一片废墟上都照样做买卖，如同放债人放债、诗人吟诗、懒汉睡大觉。许多人埋怨自己没有这个那个，但是原因总在于他们没有真正想得到这个或那个。有位上校要退伍了，还没有当上将军。但是，如果我去了解一下他的过去，我总能发现，某些事他应该做的，却没有去做，而且根本不愿意去做。这样我就能证明，他其实是不愿意当将军。

我见到一些人本来条件很好，却蹭蹬下位，不得晋升。那么，他们到底想要什么呢？说话坦率？他们这样做了。不拍马屁？他们确实没有奉承过任何人。有自己的见解，提出劝告，拒绝做某些事情？他们都做得到。他们没有钱，但他们不是一直蔑视钱的吗？钱只会流向那些看钱的人的口袋。你找不到一个愿意发财却发不了财的人。我说的是真心的愿意，希望不等于愿意。诗人希望得到十万法郎，但是他不知道从哪儿得到这笔钱，怎样一步步得到这笔钱，所以他应该没有钱。不过，他倒很愿意写出好诗，所以他写成了。像鳄鱼长鳞甲、鸟长羽毛一样，诗人的本分是写诗。我们可以把人内心的极其强烈的意愿也叫作命运，只是这种强大而有序的精神力量虽然也叫作命运，和那块偶然落在

① 斯宾诺莎，17 世纪荷兰理性主义哲学大师。

皮洛斯头上的瓦片[1]却毫无共同之处。有一位智者曾对我说，加尔文[2]的预定论其实和自由论很相像，他的话也就是这个意思[3]。

1923 年 10 月 3 日

施康强　译

① 皮洛斯，公元前 3 世纪希腊伊庇每斯国王，能征善战，却在一次巷战中被一块偶然落下的瓦片砸死。这里，“落在皮洛斯头上的瓦片”，喻通常所说的命运。

② 加尔文，16 世纪法国神学家、宗教改革家，在日内瓦创立新教中心。他的预定论认为，人是否最后得救由上帝预定，和人的努力无关。但是，究竟哪些人会最后得救，也只有上帝知道，所以人人都可以认为自己会最后得救，这就等于是自由论了。

③ 意即：命运与其说源于预定，不如说源于自己。

关于人的命运

[英] 阿诺德·汤因比　[日] 池田大作

阿诺德·汤因比（Arnold Toynbee 1889—1975），英国著名历史学家，重要著作有《历史研究》《经受着考验的文明》《世界和西方》《人类必须抉择》和《汤因比论汤因比》等。

池田大作（1928— ），日本佛教思想家、哲学家、社会活动家、日本创价学会名誉会长、国际创价学会会长，著有《池田大作文集》。

1973年，汤因比与池田大作曾就人类社会和当代世界问题进行过一次探讨，似乎有东西方对话的意思。对话录先后出版过英文、日文、德文、法文、西班牙文等多种译本。中译本出版于1984年，取名为《展望21世纪——汤因比与池田大作对话录》。本文即其中第三编第三章第三节，题目系原书所有，文中标题为编者所加（以便阅读）。

在这一段对话中，两位学者谈了三个和命运有关的问题，即：（一）佛教的命运观和基督教的命运观；（二）个人的命运和国家的命运；（三）“终极的精神之存在”和“精神上最高的存在”。总的来说，贯穿于这段对话的最重要的概念是“因果报应”，即：佛教的“因果报应”和基督教的“因果报应”有何异同？个人在有生之年有善恶“因果报应”，那么上一代人和下一代人之间有没有“因果报应”？所谓“遗传”，是不是“因果报应”？如果说个人行为有“因果报应”，那么国家行为有没有“因果报应”？如果说这一切都有“因果报应”，那么决定“因果报应”的“终极的精神之存在”或“精神上最高的存在”，是不是相当于佛教所信仰的佛，或基督教所信仰的上帝？如果是的，那么前一种说法和后一种说法之间有什么不同？

总之，两位学者一致同意，无论对个人来说，还是对人类来说，都存在着命运。但稍有不同的是，池田所说的命运似乎源于佛教的“轮回说”，而汤因比所说的命运，似乎源于科学的“因果律”。

一、佛教的命运观和基督教的命运观

池田：人生来就有贫富之差、贤愚之别、才能的有无等这种境遇和能力上的个人差别。当然，个人能力也有后天培养的一面，然而对后天培养有很大影响的环境条件则因人而异，并且这些外在条件，对出生的人自己来说，是没有选择余地的。这样的外在条件，从超越人的意志这一点说，也可称为命运。再说，每个人一生的遭遇和所经历的人生道路也是不同的。这就使人不能不承认命运。

这里就有一个命运是怎样形成的问题。佛教主张生命从过去，经现在，到未来，不停地流转，在这连续流转的过程中，过去的行为就形成现在的命运。相反，基督教则认为命运是全智全能神的意志表现。这种不同的说法是很有意思的。

汤因比：在说明人的命运时，必须突破人生只有一次的局限，而要再往前考虑。这一点佛教和基督教都是一致的。

佛教认为个人的命运取决于本人的行为，也就是前世因果报应。对这种因果报应的概念，如果我没理解错的话，就好像我们的行为是伦理上的银行存折一样。这个存折的结算——有时结余，有时出现赤字——在收支栏里不断地变化着。关于命运的个人差别的说法，是以这样的假说为前提的。就是说，人的存在，在出生以前就形成了，死后也不会消灭。根据佛教的信仰，这种因果报应的账目表，死后也仍然有效，随时随地都可以记账。据说人就是带着这个存折重新出生的。死和再生就这样无限地反复着。

相反，基督教则认为决定个人命运的是创造宇宙、引导宇宙向自己确定的目标前进的全能的神。这种说法是以存在全能的神这一假说为前提的。

根据基督教的信仰，神给人以人格，决定人的出生时间和场所，进而决定其社会地位。与佛教徒不同，基督教徒认为人在这个世上只生一次，就是把在母胎出现时作为人的精神和肉体存在的开始。但人的存在并不因死而消灭。这一点基督教也好，佛教也好，都是一致的。基督教徒虽说人死后不再来到这个世上，但却相信人的存在是不灭的。在这个世上结束生命之后，最终要去的地方——大概经过炼狱——不是天堂，就是地狱。

即使在基督教徒中，相信存在着全能的神，并对此作出合理结论的人，他们也相信最后是去天国还是去地狱是事先由神决定的。

但其他基督教徒则认为，人死后的命运——至少在某种程度上——是由本人的因果报应决定的。虽说是前世因果报应，按基督教的说法，它只是人在这个世上享有仅仅一次的生命时有效，死后就不再起作用了。好像这种银行存折只限于今世。基督教神学史上关于神和人在决定人的命运上所起的作用问题的争论，一直没有得到全面解决。

这样在大约三百年的时间里，越来越多的西方人，不再相信基督教的教义了。众多的西方人脱离了基督教。他们已经不再相信全能的神的存在，也不相信人死后还继续存在的说法。人在世上只生一次，这一点和基督教的看法一致。他们主张，人一生的命运或者由祖先遗传下来的遗传因子的组合决定，或者由本人的环境决定，或者由一生中累积起来的因果报应决定。

西方人的这种脱离基督教的想法，实际上不过是用另外的语言表达的基督教的信仰而已。就是说，在现实中，个人偶然地继承了遗传因子是和基督教所说的“预定命运”这种神的随意行为相通的。考虑继承遗传因子时，由于遗传因子的组合有无限的可能性，所以还是带有随意性的。环境所起的作用相当于神把个人放在特定的时间和地点所起的作用。

脱离基督教的这些西方人，认为因果报应对人死后的命运没有什么影响。这一点跟基督教徒和佛教徒的立场不同。然而，人的命运在某种程度上取决于因果报应这一点，跟基督教徒中不主张命运预定说的人，立场是相同的。就是说，按脱离基督教的人的想法，死就是完全消灭，因此也没什么死后的命运。

二、个人的命运和国家的命运

池田：人的存在果真仅限于今世一生的话，死后的命运也就不成为问题了。但是，这种对死后的不同看法，对今世人的生存方式却有很大影响。

因此，我想请博士谈谈为什么每个人生来就有不同命运的问题。特别是博士主张“宇宙的背后有终极的精神之存在”。它是否左右人们命运的意志的存在呢？这一点我很想领教。

汤因比：关于人的命运为什么各异的问题，我和脱离基督教的西方人一样，认为遗传和环境的不同能说明一部分问题。但同时，他们之中也有些人抱有近似命运预定说的思想。比起这些人来，我则更重视因果报应的作用。而且我们从经验中知道，在超越人类本性的精神的背后，存在着“终极的精神之存在”。但是他们之中的一些人不相信这一点。我和这些人的意见是有分歧的。

我从自己的人生中，一直在直接体验着因果报应的作用。从我直接和间接知道的人们的生涯中，也看到了因果报应。在人类社会和制度的种种历史中，也能看到因果报应在起作用。所谓社会和制度，就是逃脱不了死亡的人群相互关联组成的网状组织。这些人群为了使一个网状组织能比只生一次的一个人存在得长一些——事实上常常是这样的——就依次交班，后任者继承前任者。

因此，为了证明因果报应在社会和制度的历史上发生作用，就需要有一种假说，认定社会和历史保持着像每个人的存在情况一样的在生死反复中贯彻始终的同一性。支持社会和制度继续存在下去的，终归是人与人之间关系构成的网状组织，而不是只有暂时关联的每一个人的孤立存在。

这里我可以从英国历史中举出三个对社会和历史发生作用的因果报应的实例。

十四至十五世纪，英国国民发动了侵略法国的百年战争，结果失败了。因此，英国国民就永远放弃了称霸欧洲大陆的野心。除了防备大陆列强侵略英国这唯一的目的以外，对有关欧洲问题的一切军事、政治干涉，都采取了慎重态度。由此，英国从因果报应账目上的借方，彻底销了账。

还有，十七世纪英国国民，在国内政治问题上，采取了暴力手段。他们发动内战，处死国王，废除君主专制，建立了军事政权，但是当他们对这一切感到幻灭之后，在政治上就转而采取了非暴力方法。就是说，在国内政治上，英国国民成功地把因果报应账目上的借方转成为贷方。

十八世纪和十九世纪初，英国雇主牟取暴利，无情地剥削产业工人。进入二十世纪后，英国的中产阶级吸取了教训，改变了以前那样对产业工人的经济压迫，开始主动地给予一些更加公平的经济待遇。但是当时，工人已经成立了工会作为自卫手段。这些工会现在已经强大起来，甚至转守为攻。于是掌权的工会会员，为了自己的利益，和以前雇主所做过的一样，干出了冷酷无情的事。这次英国国民想再一次把因果报应账目上的借方转为贷方，但是失败了。总之，在经济关系上，相互没有做到以慈爱相待。在劳资关系上，相互的立场虽然有些接近，但行动上仍然是残酷无情的。

池田：我完全同意您刚才说的关于社会和制度中对因果报应的理解。我感到由各个人集合而成的社会，就是一个超生命体。

社会按自己独特的运动法则在成长着、繁殖着。社会内部好像存在着自我再生能力这样东西。我认为这种机能是生命体独有的。

因此，我认为设想出这样的原理是恰当的，即社会、制度、国家和生命体一样，在自己内部形成因果报应，并受其影响，进而又形成新的因果报应。

因此，领导国家、社会的政客，就必须具有高度的、全局性的认识，以便能考虑到这样大范围的因果关系，并对因果关系的平衡进行调整。必须指出，即或有优秀的政治手腕和经济管理能力，如果采取使因果关系恶性循环、平衡遭到破坏的做法，终究会使国民遭到不幸。第二次大战时的日本，正是忽视了因果关系的重要性，放纵其盲目发展，结果为了清算这笔账，付出了重大牺牲，就是明显的例子。

还有利润挂帅的经济发展，给日本带来了公害。这种严酷的现实也使日本国土本身，在因果平衡上处于借方，结果遭到了严厉的惩罚。

三、“终极的精神之存在”和“精神上最高的存在”

汤因比：您把我关于因果报应的想法，在更大的领域中作了具体的说明。刚才您向我所说的“终极的精神之存在”究竟是什么?

我不相信犹太教徒、基督教徒、伊斯兰教徒信仰的独一无二的、全能的、在其他方面是男性神的存在。我也不相信像印度教、基督教以前的希腊和斯堪的纳维亚等的诸神那样具有人体形态的男女神仙。同样，人或者在其他太阳系中可能有生存条件的行星上的类人生物，是宇宙最高的精神存在，这种说法也很难令人相信。

人是能区别善恶的存在，并且人常常是由良心发出行善命令的。虽然如此，现实中的人，即使慎重地说，也是时常做坏事的。

人能够体验自己的行为，并且对自己做的坏事受到良心谴责，这表示出人常常相信有比人性更高的什么东西存在。

池田：就是说，人对超越自己智慧的一些存在持谦虚态度，使人的伦理行为成为可能。对终极的存在的敬畏之心就是宗教。

汤因比：人性，只要不能克服它本来的自我中心的倾向，就要常做坏事。然而，有时也能克服。就是说，人为了超越自己的什么东西——其他人、某个人类集团或全人类、全宇宙——有时也牺牲自己。这时，人不是为了满足自己的贪欲而想利用宇宙，相反，而是要献身于宇宙。人作出自我牺牲的行动就是爱。爱和贪欲都是欲望的一种形态，而二者所追求的目的则完全相反。贪欲要使宇宙从属于宇宙中的一个片断，而爱则是要把这一小片从属于宇宙。

《圣经》中有一节写道“神就是爱”。但是我也不相信具有人格的神。如果有类似人那样的神的话，那个神既能爱，同时也就能恨，能做善事，同时也一定能做恶事。实际上，犹太系的神就是这样。在犹太教、基督教、伊斯兰教的圣典中都有所论述。因此，我不相信爱有人格或爱是全能的说法。我只相信爱是“终极的精神之存在”这个说法。但是，这也和信仰神的存在，信仰人的再生一样，是始终不能验证的假说。

池田：然而，如果“终极的精神之存在”是爱的话，因为爱本来是人内心中的东西，那么“终极的存在”存在于宇宙，同时也就存在于人体内部了。

汤因比：在人类中我们所理解的爱，构成了人相互之间的关系。人要爱，相反也要恨；做善事，相反也要做恶事。说“终极的存在”像耶和华神和护持神那样具有人格，实在是难以想象的。但是，也不能认为“终极的存在”是低于人类或超过人类的东西。若像下边这样用否定词语表达的话，可能是最接近我的定义的。就是说，人不是精神上最高的存在，而且人的精神上最高的存在，或“终极的存在”，既不是神，也不是神以外的东西。

池田：这是一个含蓄的、因此也是一个难解的定义。对博士的定义，我想是否可以作这样的详细说明。

在说“精神上最高的存在”不是神的时候，这个神是指犹太系宗教所说的具有人格的神，这是博士几次谈过的。但是，在说这个存在不是神以外的东西的时候，这个神不是指具有人格的神。冒昧地说，那不是可以说就是存在于宇宙生命内部的“法”了吗？这个“法”可以说它产生宇宙中各种各样的现象，且在这些现象之间保持严正的调和关系，成为所有法则的根源的存在。

以此“法”为基础的宇宙运行，其本身就是建立万物的调和并使其保持下去的慈悲或者叫爱。人发展以自我为中心，就要打乱这种调和。相反，追求存在于宇宙内部的“法”，就是顺从宇宙的调和这个“法”，我想跟博士所说的“精神上最高的存在”的想法是一样的。

正如博士所说，它不是“低于人类”，也不是“超过人类”。就是说，人追求“精神上最高的存在”，克服了以自我为中心的思想时，这种存在，在人的内部就要显现出来。换句话说，作为可能性，存在于宇宙生命内部的话，在作为宇宙的一部分的人，在其内部也要存在。

我感到人的命运，好像取决于人怎样对待“终极的精神之存在”似的。就是说，并不是这个存在有意识地决定人的命运，而是相反，人对“终极的存在”的态度和行动决定着人本身的命运。我想人的这种态度和行动，形成了人的因果报应。

在这种意义上，佛法主张个人的命运就是它的因果报应。正是在这样的佛法里，潜藏着确立人本来意义上的责任感、主动性的关键。确立人本身的这种责任感和主动性，是转变人的因果报应，也是转变社会和制度的因果报应的第一步。

汤因比：用非人格的语言表达因果报应，我想是佛教在智慧上和道德上的伟大功绩之一。粗俗的宗教，总是要把同一个真理，用具有人格的表现形式——“神的羡慕”呀，“最后的审判”呀——来表达。这种描述把人的随意行为的意义，带进了因果报应的概念，误传了它的本质。

荀春生　译

中国篇

命禄

王充

王充（27—97），字仲任，东汉学者，虽兼攻儒学和道学，但与正统儒学和道学均有所背离，主要著作有《讥俗节义》《政务》和《论衡》等，尤以《论衡》84篇为传世之作。

对《论衡》，历代学者褒贬不一，贬者称其"偏愎自是，放言不伦"（明胡应麟语），褒者称其"独抒己见，思力绝人"（清刘熙载语）。如不贬不褒，应该说，此书确实有点"与众不同"。不同在何处？一是"其言多激，《刺孟》《问孔》二篇，至于奋其笔端，以与圣贤相轧，可谓悖矣"（《钦定四库全书总目》语），即对"孔孟之道"提出质疑。二是对当时的权威董仲舒以及当时流行的"谶［chèn］纬之学"予以批判。此书名为《论衡》，按王充自己的说法，"铨轻重之言，立真伪之平也"，也就是要对古今学说加以"衡量"，评其是非真伪——可见其雄心之大。所以，历代也总有人将其视为"异书"。

此处辑录的是《论衡》第三篇，题目系原书所有。

题名为"命禄"，其中的"命"是指人的死生寿夭，"禄"是指人的贫富贵贱。"命"与"禄"合在一起，和现代人所说的

"命运"意思相近，也就是一种冥冥中决定人的寿命和处境的神秘力量。本文反反复复地论证"命禄"，其要点是："命当贫贱，虽富贵之，犹涉祸患矣。命当富贵，虽贫贱之，犹逢福善矣。故命贵，从贱地自达；命贱，从富位自危。故夫富贵若有神助，贫贱若有鬼祸。"也就是说，一个人的"命禄"是先天决定的。

这就是王充对当时流行的"谶纬之学"的批判。所谓"谶纬之学"，就是阴阳五行说和董仲舒"天人感应论"的通俗化，即民间的占卜、算命之类。王充认为这些都是自欺欺人，人的"命禄"是人无法改变的。如果说，民间流行的是"迷信"，那么王充就是"命定论者"或者"命运悲观论者"。不过，他这么说也不排除其中有几分是牢骚，即对自己的"命禄"（尤其是"禄"）无法改变而深感不满，于是就一半怨恨、一半自弃地说："命不好，有什么办法！"

一

凡人遇偶①及遭累害②，皆由命也。有死生、寿夭之命，亦有贵贱、贫富之命。自王公逮③庶人，圣贤及下愚④，凡有首目之类，含血之属，莫不有命。（【参考译文】凡是人遇到舒心之事和遇到麻烦和祸害，都是由于命。有死亡、出生、长寿、夭折的命，也有尊贵、卑贱、贫穷、富裕的命。从王公大臣到平民百姓，从圣人贤人到下贱愚昧之人，凡是有头有眼、身体里有血的属类，没有哪个没有命。）

---

① 偶：称心之事。
② 累害：麻烦与祸害。
③ 逮：至，到。
④ 下愚：地位低下而愚蠢之人。

命当贫贱，虽富贵之，犹涉[①]祸患，失其富贵矣。命当富贵，虽贫贱之，犹逢福善，离其贫贱矣。故命贵，从贱地[②]自达[③]；命贱，从富位自危[④]。故夫富贵若有神助，贫贱若有鬼祸。（【参考译文】命应当贫贱的，即使现在富贵了，也还会遭受祸患，失去富贵；命应当富贵的，即使现在贫贱了，也还会遇上福善，脱离贫贱，所以，命该尊贵，也会从卑贱的地位自然得到富贵；命该贫贱，也会从富裕的地位自然地衰败。所以，富贵好像有神灵来辅助，贫贱好像有鬼魂来祸害。）

命贵之人，俱学独达，并仕独迁；命富之人，俱求独得，并为[⑤]独成。贫贱反此，难达、难迁、难得、难成，获过受罪，疾、病、亡、遗[⑥]，失其富贵，贫贱矣。是故才高行厚，未可保其必富贵；智寡德薄，未可信其必贫贱。（【参考译文】命贵的人，大家一起学习，只有他能当官；大家一起做官，只有他得到提拔。命富的人，大家一起寻求财富，只有他能得到；大家一起做生意，只有他得到成功。命贫、命贱的人，则与这种情况相反，很难发达做官，很难升迁提拔，很难求得财富，很难做成生意。要么有过错受到惩罚，要么得疾病意外丧失财富。失去其富贵，当然就贫贱了。这样，才能高超品行端庄，未必能保证就一定会富贵；智力低下品德恶劣，未必能断定就一定会贫贱。）

或时[⑦]才高行厚，命恶，废而不进；知寡德薄，命善，兴[⑧]而超逾。故夫临事[⑨]知愚，操行清浊，性与才也；仕宦贵贱，治

---

① 涉：牵连，遭受。
② 贱地：指贫贱的地位。
③ 达：发达，指做官、发财，得富贵。
④ 危：凶险，不安。这里指丧失富贵。
⑤ 为：做，干。这里指从事某种营利事业。
⑥ 亡：失去，丢失。遗：遗失，丢失。
⑦ 或时：或是，或者。
⑧ 兴：起来。这里指起用。超：跳过。逾：超过。超逾：这里指越级提升。
⑨ 临事：面对事情，处理事情。

产[1]贫富，命与时也。命则不可勉，时则不可力，知者归之于天，故坦荡恬忽[2]。(【参考译文】有时才能高超品行端庄的，因为命不好，被斥退而得不到提拔；但智力低下品德恶劣的，却因为命好，被任用而越级晋升。所以，处理事情的聪明与愚笨，操行的清白与污浊，是道德属性与才能的问题。做官，地位的高低；经营产业，财富的多寡，是命与时运的问题。命，不能强求改变，时运，也不能靠努力得到，明白地知道这一切的归宿在天，所以心地安然毫不在乎。)

虽其贫贱，使富贵若凿沟伐薪，加勉力之趋，致[3]强健之势，凿不休则沟深，斧不止则薪多，无命之人，皆得所愿，安得贫贱凶危之患哉？然则或时沟未通而遇湛[4]，薪未多而遇虎。仕宦不贵，治产不富，凿沟遇湛、伐薪逢虎之类也。(【参考译文】要是现在很贫贱，如果要得到富贵就像挖沟砍柴那样，施加努力的趋势，加强强壮健康的势头，挖沟不停止则沟深，斧砍不停止则柴多，这样，没有富贵之命的人，都能得到自己所向往的富贵，那怎么会有贫贱、凶祸、危险的灾难呢？然而，有时沟还没有挖通，却遇到了大水，柴砍得不多却碰上了老虎。做官不显贵，经营产业不发财，挖沟遇到大水，砍柴碰上老虎，这都属于命不好一类。)

二

有才不得施，有智不得行，或施而功不立，或行而事不成，虽才智如孔子，犹无成立之功。(【参考译文】有才能得不到施展，有智慧得不到实施。或者是施展了却没有成功，或者是实施过却事不成，即使才能智

---

① 治产：这里指经营某项事业来积累财富。
② 恬忽：心中安然，忽视外界的事物。
③ 致：给予，施加。
④ 湛：大水。

慧都像孔子一样，还是没有办好事情，立下功劳。）

世俗见人节行高，则曰："贤哲如此，何不贵？"见人谋虑深，则曰："辩慧如此，何不富？"贵富有命禄①，不在贤哲与辩慧。故曰：富不可以筹策得，贵不可以才能成。智虑深而无财，才能高而无官。怀银②纡紫③，未必稷契之才④；积金累玉，未必陶朱⑤之智。（【参考译文】一般人见有人节操、品行高尚，就说："这样贤良聪明，怎么不当大官？"见有人智谋深邃，就说："这样会说机智，怎么没有发大财？"其实，做大官发大财是有禄命的，不在乎是否贤良聪明与会说机智。所以说：财富不能靠计谋得到，显贵不能凭才能实现。智谋再深邃发不了大财，才能再高超也当不了大官。纵然身怀银印金印，当了相国、丞相，也未必有稷、契的才能；纵然堆金如山，积玉如海，也未必有陶朱公的智力。）

或时下愚而千金，顽鲁⑥而典⑦城。故宦御⑧同才，其贵殊命；治生⑨钧知，其富异禄。禄有贫富，知不能丰杀⑩；命有贵贱，才不能进退。成王⑪之才不如周公，桓公之知不若管仲⑫，

---

① 命禄：禄命。

② 银：指银质图章。汉代御史大夫和俸禄二千石以上的官用这种印章。

③ 纡：系结。紫：指系在印纽上的紫色丝带。汉代的相国、丞相、太尉、将军、列侯用的金印上都束有紫色丝带。怀银纡紫：喻当上大官。

④ 稷［jì］契［xiè］之才：稷（周朝始祖）和契（商朝始祖）的才能。

⑤ 陶朱，即范蠡，越国大夫，助越王勾践灭吴后，辞官经商，遂成富翁。

⑥ 顽：低劣。鲁：愚钝。

⑦ 典：主管，统辖。

⑧ 宦御：做官。

⑨ 治生：谋生计。钧：通"均"。知：智慧，本领。

⑩ 丰杀：增减。

⑪ 成王，周成王，周武王之子，年幼继位，由叔父周公助其执政。

⑫ 桓公，春秋时齐国国君，五霸之一；管仲：齐国大夫，助齐桓公称霸。

然成、桓受尊命，而周、管禀卑秩[①]也。(【参考译文】有时反而很愚蠢的人却拥有千金，质劣愚钝的人却统辖城池。可见，做官的才能相同，但命不一样官就会有大小，经营生计的智慧一样，但禄命不同就会有贫富。禄命有贫富，人的智慧不能使它增加或减少；人命有贵贱，人的才能不能使它升迁或斥退。成王的才能不如周公，桓公的智慧不如管仲，然而成王、桓公接受的是尊贵的命，而周公、管仲承受的是卑贱的命。)

案[②]古人君希有不学于人臣，知博希有不为父师。然而人君犹以无能处主位，人臣犹以鸿才为厮役[③]。故贵贱在命，不在智愚；贫富在禄，不在顽慧。(【参考译文】根据考察，古代的君主很少有不向臣子学习的，学识渊博的人很少不被封为“父师”的。虽然这样，君主还是以无能处于一国之长，臣子还是以大才被使唤。所以贵贱在命，不在聪明与愚蠢；贫富在禄，不在质劣与智慧。)

世之论事者，以才高者当为将相，能下者宜为农商，见智能之士官位不至，怪而訾[④]之曰：“是必毁[⑤]于行操。”行操之士，亦怪毁之曰：“是必乏于才知。”殊不知才知行操虽高，官位富禄有命。(【参考译文】社会上的议论者，都认为才高的应该做将相，才低的只宜事农商。见到智慧才高的人没有得官做，就责怪并且非议他说：“这一定是在操行方面有问题。”见到操行高尚的人，也责怪诋毁他说：“这一定是在才智方面有所不足。”殊不知，他们的才能、智慧、品行、节操虽然都很高，但是官位的高低，财富、俸禄的多少，都是由命决定的。)

---

① 秩：官吏的俸禄。这里指禄命。
② 案：察看，考察。
③ 厮：对人的轻蔑称呼。役：劳役，仆役。厮役：被使唤的人。
④ 訾：非议。
⑤ 毁：坏，缺陷。

才智之人，以吉盛[①]时举事而福至，人谓才智明审[②]；凶衰祸来，谓愚暗[③]。不知吉凶之命，盛衰之禄也。（【参考译文】有才能智慧的人，在命吉、禄盛的时候办事就会得福，人们就会说他才智高明；在命凶、禄衰的时候办事就会遭受灾祸，人们就会说他愚昧。这是人们不知道命有吉、凶，禄有盛、衰的缘故。）

三

白圭、子贡[④]转货[⑤]致富，积累金玉，人谓术善学明[⑥]，非也。（【参考译文】白圭、子贡做买卖致富，积累了不少金银、宝玉，人们就说他们办法好，做买卖的诀窍高明，其实不对。）

主父偃[⑦]辱贱于齐[⑧]，排摈[⑨]不用，赴阙[⑩]举疏[⑪]，遂用于汉，官至齐相。赵人徐乐[⑫]亦上书，与偃章会[⑬]，上善其言，征拜为

---

① 吉：吉祥，吉利。盛：兴盛，茂盛。

② 审：明悉。

③ 暗：不明。

④ 白圭［guī］，战国魏文侯时人，善经商。子贡，春秋时卫国人，孔子的学生，能言善辩，善经商，家累千金。

⑤ 转货：做买卖。

⑥ 学：学问。这里指做买卖的诀窍。

⑦ 主父偃［yǎn］，姓主父，名偃，西汉临菑人，原在汉初分封的齐国受到排挤，地位低贱，后给汉武帝上书谈论政事，被任命为郎中，官至齐国相（相当于郡太守）。

⑧ 齐：汉初分封的诸侯王国，在今山东北部。

⑨ 排摈：排挤抛弃。

⑩ 阙：皇宫门前两边的楼，后作为皇宫或皇门的代称。

⑪ 疏：大臣言事的奏章。

⑫ 赵：汉初分封的诸侯王国，在今河北南部。徐乐，西汉无终（今天津蓟县）人，曾上书给汉武帝阐明自己的政治主张，被任命为郎中。

⑬ 章会：上奏章时恰巧碰上。

郎[1]。人谓偃之才，乐之慧，非也。儒者明说一经，习之京师，明如匡稚圭[2]，深[3]如鲍子都[4]，初阶[5]甲乙之科，迁转[6]至郎、博士[7]，人谓经明才高所得，非也。(【参考译文】主父偃在齐国地位低贱，被排斥靠边不用，于是到宫前呈献奏章，终于被汉室任用，官做到齐国的相。赵国人徐乐也上奏章，与主父偃的恰巧碰在一起，皇上赞赏他们的意见，征召任命为郎。人们就说主父偃有才能，徐乐有智慧，这话不对。一般读书人要熟悉而且能解释一种经书，然后到京城去学习，像匡稚圭那样精通经学，如鲍子都那样深明儒道，开初经过甲乙科的考试，就升转到郎、博士，人们就说他们是由于经学高明才能高超所获得，这话也不对。)

而说[8]若范雎之干秦昭[9]，封为应侯。蔡泽之说范雎[10]，拜为客卿[11]。人谓雎、泽美善所致，非也。(【参考译文】如说到游说，像范雎去求见秦昭王，被封为应侯。蔡泽去游说范雎，被任用为客卿。人们就说这是范雎、蔡泽操行完美贤良所得到的，这话还是不对。)

皆命禄贵富善至之时也。(【参考译文】其实，这都是因为他们命禄贵

---

① 郎：古代官名，为帝王侍从官的通称。

② 匡稚圭，匡衡，字稚圭，西汉东海承（今山东苍山兰陵镇）人，家贫，为人佣作。从博士受《诗经》，后来经学绝伦，元帝时累官至丞相。

③ 深：精通。

④ 鲍子都，鲍宣，字子都，西汉高城人。好学精通经典，曾位郎、大夫、司隶校尉等职。王莽执政，宣不附己，以事入狱，自杀。

⑤ 阶：经过，通过。甲乙之科：汉代选拔官吏的一种考试制度，分甲乙丙三类，考中甲科任郎中，乙科任太子舍人，丙科任文学掌故。

⑥ 迁转：提升，调用。

⑦ 博士：古代学官名。

⑧ 说［shuì］：游说。

⑨ 范雎，战国时魏国人，因事为须贾所诬，被魏相魏齐派人笞击折胁，后化名入秦，游说秦昭王，受到赏识和重用。干：求取。这里指通过游说希望受到重用。秦昭：即秦昭王。

⑩ 蔡泽，战国时燕国人，曾游说范雎，范雎把他推荐给秦昭王，被任命为客卿和相国。

⑪ 客卿：战国时各诸侯国授给从别国来本国任职的一种官名。

富都好，而且遇上了极好的时机。）

四

孔子曰：“死生有命，富贵在天。”鲁平公①欲见孟子，嬖人臧仓②毁孟子而止。孟子曰：“天也！”孔子圣人，孟子贤者，诲人安道，不失是非，称言命者，有命审也。（【参考译文】孔子说：“人的死生由命来决定，富贵由天来安排。”鲁平公想见孟子，由于宠臣臧仓在他面前诽谤孟子而没有见成。孟子说：“这是天命啊！”孔子是圣人，孟子是贤人，教导人们要遵守儒道，不能违背是非标准，连他们都声称有命，可见命的存在是明摆着的。）

《淮南书》③ 曰：“仁鄙在时不在行④，利害在命不在智。”（【参考译文】《淮南书》上说：“尊贵与低贱在于时运不在于操行，利益与祸害在于命而不在于智慧。”）

贾生⑤曰：“天不可与期⑥，道不可与谋。迟速有命，焉识其时？”（【参考译文】贾生说：“天是不可预测的，天道也是不可事前谋划的。生命的长短由命来支配，怎么能知道具体的时间呢？”）

高祖击黥布⑦，为流矢所中，疾甚。吕后⑧迎良医，医曰：

---

① 鲁平公，战国时鲁国国君。

② 嬖［bì］人：受宠之人。臧［zāng］仓，战国时鲁国人，曾向鲁君进谗诋毁孟子，使其不接见孟子，后因以臧仓指进谗害贤的小人。

③ 《淮南书》：即《淮南子》，西汉淮南王刘安及其门客苏非、李尚、伍被等著。

④ 仁：品德高尚。这里指尊贵。

⑤ 贾生：贾谊，西汉洛阳（今河南洛阳东）人，时称贾生，著名学人，曾上书给汉文帝，受到汉文帝重视。

⑥ 与期：预测。

⑦ 高祖，汉高祖刘邦。黥［qíng］布，即英布，曾因犯罪被处黥刑（在面部刺字），故又称黥布，汉初起兵反叛，战败逃到江南，被长沙王诱杀。

⑧ 吕后，汉高祖皇后吕雉。

“可治。”高祖骂之曰：“吾以布衣提三尺剑取天下，此非天命乎！命乃在天，虽扁鹊[①]何益！”（【参考译文】汉高祖追击黥布，被飞来的箭射中，病得很厉害。吕后请来良医，医生诊后说：“可以治好。”高祖则骂道：“我以老百姓身份，提着三尺长的剑取得天下，这不是天命吗！命决定于天，即使扁鹊来治又有什么好处！”）

韩信与帝论兵[②]，谓高祖曰：“陛下所谓天授，非智力所得。”（【参考译文】韩信与汉高祖议论打仗，对高祖说：“陛下的军事才能正像一般人所说的那样，是天给的，不是靠智慧能力取得的。”）

扬子云[③]曰：“遇不遇，命也。”（【参考译文】扬子云说：“被不被赏识重用，命中注定。”）

太史公[④]曰：“富贵不违贫贱[⑤]，贫贱不违富贵。”是谓从富贵为贫贱，从贫贱为富贵也。夫富贵不欲为贫贱，贫贱自至；贫贱不求为富贵，富贵自得也。（【参考译文】太史公说：“现在富贵不排斥今后会贫贱，现在贫贱也不排斥今后会富贵。”这就是说，从富贵可以变成贫贱，从贫贱也可以变成富贵。失去富贵的人不希望贫贱，贫贱会自然到来；贫贱的人不追求变成富贵，富贵会自然得到。）

春夏囚死[⑥]，秋冬王相，非能为之也；日朝出而暮入，非能

---

① 扁鹊，战国时名医。

② 韩信，汉初名将，封淮阴侯。

③ 扬子云，扬雄，字子云，西汉玄学家、辞赋家。

④ 太史公，司马迁，西汉史学家。

⑤ 违：违背，相反。这里指排斥。

⑥ 囚、死：“王”、“相”、“死”、“囚”、“休”是汉代阴阳五行家特用的概念。他们认为木、火、土、金、水五行，在不同季节，兴衰的情况有变化，并用“王”、“相”、“死”、“囚”、“休”来描述上面的不同情况。“王”指君主，引申为旺盛；“相”指宰相，王的辅佐，引申为强壮；“死”指“王”之反对者死亡，引申为丧失生命力；“囚”指“王”所畏惧者被禁锢，引申为生命力极弱；“休”指“王”之父年老退休，引申为生命力衰退。例如春天木王、火相、土死、金囚、水休；秋天是金王、水相、土休、火囚、木死等等。王充在这里以五行 （转下页）

求之也，天道自然。（【参考译文】春天、夏天生命力极弱和丧失生命力的东西，到秋天、冬天就会旺盛、强壮起来，这不是能力所做得到的；太阳早晨升起，傍晚落下，这也不是能力寻求得来的，而是天道自然如此。）

代王[①]自代[②]入为文帝，周亚夫以庶子为条侯[③]。此时代王非太子，亚夫非嫡嗣[④]，逢时遇会[⑤]，卓然卒至。（【参考译文】代王从代地入京城称文帝，周亚夫以庶子被封为条侯。当时代王并非是太子，周亚夫也并非是嫡系继承人，而是他们正巧碰上时机，好事便异乎寻常地突然降临。）

命贫以力勤致富，富至而死；命贱以才能取贵，贵至而免。才力而致富贵，命禄不能奉持[⑥]，犹器之盈量，手之持重也。器受一升，以一升则平，受之如过一升，则满溢也；手举一钧[⑦]，以一钧则平，举之如过一钧，则蹎仆[⑧]矣。（【参考译文】命贫的想靠力气勤劳来致富，等财富到手人却死了；命贱的想凭才能超群取得尊贵地位，等刚当上大官却又被罢免了。这就是说，靠才智和力量得到的富贵，因为命禄已定是保不住的，就好比器皿装得过量，手里拿的东西过重一样。器皿能容纳一升，倒入一升则刚好与器皿口平齐，容量如果超过一升，就会溢满外流；手能举起三十斤，举三十斤则刚好与上举的能力相等，举的东西如果超过三十斤，就会摔倒。）

（接上页）交替兴衰作比喻，来说明贫富贵贱是“命”、“禄”决定的，不以人的意志为转移。

① 代王：汉文帝登基前的封号。文帝是惠帝的异母弟弟，曾被封为代王。惠帝、吕后死后，大臣们拥立他为帝。

② 代：汉初分封的诸侯王国，在今河北西部、山西东北部。

③ 周亚夫，西汉名将，受封条侯。

④ 嫡：妻生的儿子。嗣：继承人。

⑤ 遇会：碰上时机。

⑥ 奉持：保持，保住。

⑦ 钧：古代的重量单位，每钧三十斤。

⑧ 蹎［zhì］仆：被摔倒。

前世明是非，归之于命也，命审然也。信命者，则可幽居俟时[①]，不须劳精苦形求索之也，犹珠玉之在山泽，不求贵价于人，人自贵之。(【参考译文】前世的人是明辨是非的，把人生的一切都归之于命，可见命显然是这样的。相信命的，就可以隐居等待时机，不须劳神劳体去苦苦追求，好像珍珠宝玉藏在深山大泽，不需向人们求取高价，人们自然会出高价购买它一样。)

五

天命难知，人不能审，虽有厚命，犹不自信，故必求之也。如自知，虽逃富避贵，终不得离。故曰："力胜贫，慎胜祸。"(【参考译文】天命难以知道，人不可能明白，即使有非常好的命，还自己不知道，反而一定要去追求它。如果自己知道命非常好，即使想逃避富贵，也始终摆脱不了。所以说："勤劳能够克服贫贱，谨慎能够防止灾祸。")

勉力勤事以致富，砥才明操[②]以取贵，废时失务，欲望富贵，不可得也。虽云有命，当须索之。如信命不求，谓当自至，可不假[③]而自得，不作而自成，不行而自至？(【参考译文】努力干事业以求致富，磨炼才能培养德操以求取得功名，浪费时间不务正业，想望富贵，是不可能得到的。虽说有命，还是应当，而且必须去追求它。如果只相信命而不去追求，说它会自动到来，难道可以不借助外力就能自然得到，不干就能自然成功，不行动就能自然达到?)

夫命富之人，筋力自强；命贵之人，才智自高，若千里之

---

① 俟［sì］时：等待时机。
② 砥［dǐ］才：磨炼才能。明操：表明情操。
③ 假：借。

马，气力自劲，头目蹄足自相副[1]也。有求而不得者矣，未必不求而得之者也。精学不求贵，贵自至矣。力作不求富，富自到矣。(【参考译文】其实，命富的人，筋力自然强健；命贵的人，才智自然高超，像千里马，它的气力与力量，头、眼和蹄子都与本身的美名相称。有追求而得不到的，未必是不去追求就能得到的人。所以，专心学习不去追求尊贵，尊贵会自然得到。努力劳作不去寻求财富，财富也会自然到来。)

六

富贵之福，不可求致；贫贱之祸，不可苟除也。由此言之，有富贵之命，不求自得。信命者曰："自知吉，不待求也。天命吉厚，不求自得；天命凶厚，求之无益。"(【参考译文】富贵之命决定的福，是不能追求得到的；贫贱之命决定的祸，是不能随意除掉的。这样说来，有富贵的命，不求能自得。相信命的人说："自己知道命是吉利的，就不需要去追求了。天命非常吉利，不求能自得；要是天命非常凶险，求之也无益。")

夫物不求而自生，则人亦有不求贵而贵者矣。人情有不教而自善者，有教而终不善者矣。天性，犹命也。(【参考译文】农作物，人不贪图它却能自己发芽生长，而人也有不追求显贵却显贵的。人的性情有不教而能自我完善的，有教了而始终完美不了的。天性，就是命。)

越王翳[2]逃山中，至诚不愿，自冀[3]得代[4]。越人熏其穴，遂

① 副：相称，符合。

② 越王翳［yì］，春秋时越国太子翳，不愿继承王位，逃到山洞中去躲避，后来越人用火熏山洞，强迫他出来，立他为王。

③ 冀：希望。

④ 代：替代。

不得免，强立为君。如天命当然，虽逃避之，终不得离。故夫不求自得之贵欤！（【参考译文】越王翳逃入山中，极诚心地不愿当王，自己希望能有人代替他。越人用火熏他躲避的山洞，终于不能避免，被迫强立为国君。如果天命注定应当如此，即使一时逃避了，最终还是不能摆脱。所以，这是不去追求而自然得到的尊贵啊！）

三槐堂铭

苏轼

苏轼（1037—1101），字子瞻，号东坡居士，世称“苏东坡”，北宋诗人、文豪，曾任翰林学士、侍读学士、礼部尚书等职，有《东坡全集》传世。

三槐堂是指晋国公王佑的府邸，因其曾在庭院里种下三棵槐树，故名“三槐堂”。本文是作者为三槐堂所作的铭文，故名“三槐堂铭”，其大意是：有才之人不一定富贵，有德之人不一定长寿，但有德之人一定会有好的子孙，后代一定会兴旺，这就是天意，就是善恶报应。晋国公王佑是有德之人，曾种下三棵槐树称：“我的子孙必定为朝廷重用。”后来果真，他的儿子王旦成为魏国文正公，他的孙子王素成为魏国懿敏公。由此观之，有德之人定有好报，天意如此！

自汉代起，所谓“德运观”就一直是一种主流政治观，即认为：以德治国，国运兴旺。一开始，“德运观”仅适用于皇帝，但后来，逐渐扩展至王公贵族，因为他们的地位并非世袭，后代如何，不得而知，所以也开始相信“德运观”，相信“积德”会“庇荫”子孙。本文所表述的，就是这样一种“德运观”：以德治家，家运兴旺。

天可必[1]乎？贤者不必贵，仁者不必寿。天不可必乎？仁者必有后。二者将安取衷哉！吾闻之申包胥[2]曰："人众者胜天，天定亦能胜人。"世之论天者，皆不待其定而求之，故以天为茫茫，善者以怠，恶者以肆。盗跖之寿[3]，孔、颜之厄[4]，此皆天之未定者也。松柏生于山林，其始也，困于蓬蒿、厄于牛羊，而其终也，贯四时阅千岁而不改者，其天定也。善恶之报，至于子孙，而其定也，久矣。吾以所见所闻所传闻考之，而其可必也，审[5]矣。(【参考译文】天意可认定吗？有才之人不一定富贵，有德之人不一定长寿。天意不可认定吗？有德之人一定有后继之人。这两种说法哪一种是对的呢？我听包申胥曾经说过："人为的因素可以改变天命，天命胜于人为因素。"世上议论天道的人，都不等上天的意愿完全表现出来就去责求，因此认为天是茫茫无知的。善良的人因此而懈怠，邪恶的人因此而放肆。盗跖可以长寿，孔子、颜回却遭受困厄，这都是上天还没有表现出来他的真实意愿的缘故。松柏生长在山林之中，起初被蓬蒿围困，遭牛羊践踏，但最终还是四季常青，经千年而不凋零，这就是上天赐予它的天性。关于对人的善恶报应，有的要一直到子孙后代才能表现出来，这也是上天确定已久的。我根据所见所闻来验证，这是可以清楚地认定的。)

国之将兴，必有世德之臣，厚施而不食其报，然后其子孙能与守文太平之主共天下之福。故兵部侍郎晋国王公[6]，显于汉周[7]

---

① 必：一定，认定。

② 申包胥，春秋时楚国大夫。

③ 盗跖之寿：盗跖长寿（盗跖即柳下跖［zhí］，春秋时的大盗，据说他多行不义，却很长寿）。

④ 孔、颜之厄：孔子、颜回受困（指"孔子厄于陈蔡"。典出《吕氏春秋·审分览·任数》："孔子穷乎陈、蔡之间，藜羹不斟，七日不尝粒，昼寝。颜回索米，得而焚之……"）。

⑤ 审：知悉。

⑥ 晋国王公，晋国公王佑。

⑦ 汉周：（北宋之前的）后汉、后周。

之际，历事太祖太宗[1]，文武忠孝，天下望以为相，而公卒以直道不容于时。盖尝手植三槐于庭曰："吾子孙必有为三公[2]者。"已而[3]，其子魏国文正公[4]，相[5]真宗皇帝[6]于景德、祥符[7]之间，朝廷清明、天下无事之时，享其福禄荣名者十有八年。(【参考译文】国家将要兴盛时，必定有世代积德的大臣，做了很大的好事而没有得到福报，但此后他的子孙却能够与遵循先王法度的太平君主，共享天下的福禄。已故的兵部侍郎晋国公王佑，显赫于后汉、后周之间，先后在太祖、太宗两朝任职，文武忠孝，天下的人都期盼他能出任宰相，然而王佑由于正直不阿，不为当世所容。他曾亲手在庭院里种植了三棵槐树，说："我的后世子孙将来一定有位列三公者。"后来他的儿子魏国文正公（王旦），在真宗皇帝景德、祥符年间做了宰相，当时朝廷政治清明，天下太平，他享有福禄荣耀十八年。)

今夫[8]寓物于人，明日而取之，有得有否[9]。而晋公修德于身，责报于天，取必于数十年之后，如持左券，交手相付。吾是以知天之果可必也。(【参考译文】现在如果把东西寄存在别人处，第二天就去取，可能得到，也可能得不到了。但晋国公自身修养德行，以求上天的福报，在几十年之后，得到了必然的回报。如同手持契约，亲手交接一样。我因此知道上天的意愿一定会展现的。)

---

① 太祖太宗，宋太祖赵匡胤、宋太宗赵炅。

② 三公：朝廷中最尊显的三个官职，即：司马、司徒、司空。此处泛指为朝廷重用。

③ 已而：后来。

④ 魏国文正公，魏国公王旦，谥"文正"。

⑤ 相：辅佐。

⑥ 真宗皇帝，宋真宗赵恒。

⑦ 景德、祥符：宋真宗年号。

⑧ 今夫：就看那（譬如）。

⑨ 否：不得。

吾不及见魏公，而见其子懿敏公[1]，以直谏事仁宗皇帝，出入侍从将帅三十馀年，位不满其德。天将复兴王氏也欤？何其子孙之多贤也。世有以晋公比李栖筠[2]者，其雄才直气，真不相上下，而栖筠之子吉甫，其孙德裕，功名富贵，略与王氏等，而忠恕仁厚，不及魏公父子。由此观之，王氏之福盖未艾也。懿敏公之子巩[3]，与吾游，好德而文，以世其家。吾是以录之。铭曰：（【参考译文】我没来得及见到魏国公，却见到了他的儿子懿敏公。他事奉仁宗皇帝时直言敢谏，出外带兵、入内侍从三十多年，这种爵位还不足以和他的德行相称。上天将再一次使王氏兴盛吗？为什么他的子孙有这么多的贤人呢？世上有的人把晋国公与李栖筠相比，他们两人的雄才大略、正直气节，确实不相上下。而李栖筠的儿子李吉甫，孙子李德裕，享有的功名富贵和王氏也差不多，但忠恕仁厚，则不如魏公父子。由此可见，王氏的福分正旺盛不衰啊！懿敏公的儿子王巩，跟我交游，他崇尚道德而又善诗文，以此继承了他的家风，我因此把他记了下来。铭文如下：）

呜呼休哉！魏公之业，与槐俱萌。封植之勤，必世乃成。既相真宗，四方砥平。归视其家，槐荫满庭。吾侪小人，朝不及夕。相时射利，皇恤厥德。庶几侥幸，不种而获。不有君子，其何能国。王城之东，晋公所庐。郁郁三槐，惟德之符。呜呼休哉！（【参考译文】啊，多么美好啊！魏公的家业，跟槐树一起萌兴。辛劳的培植，一定要经过一代才能长成。他辅佐真宗、天下太平，回乡探家，槐荫笼庭。我辈小人，一天从早到晚，只知窥察时机求取名利，哪有空闲修养自己的德行？只希望有意外的侥幸，不种植就能收获。如果没有君子，国家又怎能成为一个国家？京城的东面，是晋国公的住所，郁郁葱葱的三棵槐树，象征着王家的仁德。啊，多么美好！）

---

① 懿敏公，魏国公王素，谥“懿敏”。
② 李栖筠，唐代名臣。
③ 王巩，字定国，号清虚居士，北宋诗人、画家。

司马季主论卜

刘伯温

刘伯温（1311—1375），名基，字伯温，元末明初道学家，辅佐朱元璋建立明朝，封“诚意伯”，故又称“刘诚意”，有《诚意伯文集》传世。

此文节选自刘伯温《郁离子·天道篇》，入选《古文观止》。

文中的两个人物——东陵侯与司马季主——虽是西汉初年的历史人物，但所讲事情却是作者虚构的：东陵侯被贬为平民后，到当时著名的算命先生司马季主那里去算命，想知道自己将来会不会复位。司马季主对他说了一大篇善恶报应的道理后对他说，这些你都知道，还算什么命？

显然，此文的主题是“德运观”，即：往日之善，今日之福；今日之善，明日之福。反之，往日之恶，今日之祸；今日之恶，明日之祸。

东陵侯既废①，过司马季主②而卜③焉。（【参考译文】东陵侯被废

---

① 东陵侯，即召平。秦时为东陵侯，秦灭后，贬为平民，在长安城东种瓜（见《史记·萧相国世家》）。废：废除爵位。

② 司马季主，西汉名卜，善于算命。

③ 卜：占卜、算命。

弃以后，往司马季主那儿去占卜。）

季主曰："君侯何卜也?"（【参考译文】季主说："您要占卜什么事呢?"）

东陵侯曰："久卧者思起，久蛰者思启，久懑者思嚏。吾闻之蓄极则泄，閟[①]极则达。热极则风，壅极则通。一冬一春，靡屈不伸，一起一伏，无往不复。仆窃有疑，愿受教焉。"（【参考译文】陵侯说："躺卧时间长了就想起来，闭门独居久了就想出去，胸中积闷久了就想打喷嚏。我听说：积聚过多就要宣泄，烦郁之极就要开畅，闷热太甚就会起风，堵塞过分就会流通。有一冬就有一春，没有只屈而不伸的；有一起就有一伏，没有只去不来的。我私下有所怀疑，希望得到你的指教。"）

季主曰："若是，则君侯已喻之矣，又何卜为?"（【参考译文】季主说："既然这样，那么您已经明白了，又何必要占卜呢?"）

东陵侯曰："仆未究其奥也，愿先生卒[②]教之。"（【参考译文】东陵侯说："我未能深入理解其中的高深微妙，希望先生能指点究竟。"）

季主乃言曰："呜呼！天道何亲？惟德之亲[③]。鬼神何灵？因人而灵。夫蓍[④]，枯草也；龟[⑤]，枯骨也，物也。人，灵于物者也，何不自听而听于物乎？且君侯何不思昔者也？有昔者必有今日，是故碎瓦颓垣，昔日之歌楼舞馆也；荒榛断梗[⑥]，昔日之琼蕤玉树[⑦]也；露蛬[⑧]风蝉，昔日之凤笙龙笛也；鬼燐萤火，昔

---

① 閟［bì］：闭塞。

② 卒：尽力。

③ 天道何亲？惟德之亲：《尚书·蔡仲之命》："皇天无亲，惟德是辅。"

④ 蓍［shī］：多年生草本植物，古人用其茎来占卜。

⑤ 龟：古代取龟的腹甲用来占卜。

⑥ 荒榛：指灌木丛生。断梗：草木的断枝。

⑦ 琼蕤［ruí］玉树：指美好的花草树木。琼：美玉。蕤：草木的花下垂的样子。

⑧ 蛬［qióng］：同"蛩"，蟋蟀。

日之金釭①华烛也；秋荼春荠，昔日之象白驼峰②也；丹枫白荻，昔日之蜀锦齐纨③也。昔日之所无，今日有之不为过；昔日之所有，今日无之不为不足。是故一昼一夜，华④开者谢；一秋一春，物故者新。激湍之下，必有深潭；高丘之下，必有浚谷⑤。君侯亦知之矣，何以卜为？”（【参考译文】季主于是说道：“唉！天道和什么人亲？只和有德的人亲。鬼神怎么会灵？靠着人相信才灵。蓍草不过是枯草，龟甲不过是枯骨，都是物。人比物灵敏聪明，为什么不听从自己，却听命于物呢？而且，您为什么不想一下过去呢？有过去就必然有今天。所以，现在的碎瓦坏墙，就是过去的歌楼舞馆；现在的荒棘断梗，就是过去的琼花玉树；现在在风露中哀鸣的蟋蟀和蝉，就是过去的凤笙龙笛；现在的鬼火萤光，就是过去的金灯华烛；现在秋天的苦菜，春天的荠菜，就是过去的象脂驼峰；现在红的枫叶，白的荻草，就是过去的蜀产美锦，齐制细绢。过去没有的现在有了，不算过分；过去有过的现在没有了，也不能算不足。所以从白昼到黑夜，盛开的花朵凋谢了；从秋天到春天，凋萎的植物又发出新芽。激流旋湍下面，必定有深潭；高峻的山丘下面，必定有深谷。这些道理您也已经知道了，何必还要占卜呢？”）

---

① 釭：灯。

② 象白驼峰：大象的脂肪和骆驼背上的肉峰，都是名贵食品。

③ 齐纨：山东出产的白色细绢。

④ 华：花。

⑤ 浚谷：深谷。

原命

王国维

王国维（1877—1927），字静安（亦作静庵），近代学者，博学多才，重要著作有《人间词话》《宋元戏曲史》和自编集《静庵文集》《静庵文集续编》等。

本文1906年初刊于《教育世界》第127号，后收入《静庵文集续编》(1908)。

题目"原命"，意为"推究命运（之说）"（原：初见《汉书·薛宣传》，其中有"原心定罪"，注曰："原，谓寻其本也。"），也就是要把古今中外的命运之说大致梳理一下，视其究竟如何。文中的重要概念，或者说"关键词"，是"定业论"和"意志自由论"。所谓"定业论"，用作者的话来说，就是"其言善恶、贤不肖之有命"；所谓"意志自由论"，顾名思义，就是认为人具有自由意志，其品质、行为并非生来注定。可见，"定业论"和"意志自由论"是两个对立的概念。梳理的结果是：中国没有"定业论"者，所以，也就不大有人主张"意志自由论"；也就是说，二者在中国并未形成对立。外国的情况正好相反，一开始就有"定业论"与"意志自由论"之争，而且上千年来争论不休。至18世纪，康德对此加以"调停"。至19世纪，叔本华对康德哲学加以补充和修正，遂将这一问题论定。

需要说明的是：这是本文作者的观点，因为他是叔本华的崇拜者；实际上，这一问题至今尚未论定。

我国哲学上之议论，集于“性”与“理”二字，次之者“命”也。“命”有二义：通常之所谓“命”，《论语》所谓“死生有命”是也；哲学上之所谓“命”，《中庸》所谓“天命之谓性”是也。命之有二义，其来已古，西洋哲学上亦有此二问题。其言祸福寿夭之有命者，谓之“定命论”（Fatalism）；其言善恶、贤不肖之有命，而一切动作皆由前定者，谓之“定业论”（Determinism）。而定业论与意志自由论之争，尤为西洋哲学上重大之事实，延至今日，而尚未得最终之解决。我国之哲学家除墨子外，皆定命论者也。然遽[①]谓之定业论者，则甚不然。古代之哲学家中，今举孟子以代表之。孟子之为持定命论者，而兼亦持意志自由论，得由下二章窥之。其曰：

> 求则得之，舍则失之，是求有益于得也，求在我者也。求之有道，得之有命，是求无益于得也，求在外者也。[②]

又曰：

① 遽［jù］：仓促。

② 引自《孟子·尽心上》，大意是：“求索就能得到，放弃便会失去，这种求索有益于得到，因为所求的东西就在我自身。求索有一定的方法，能否得到却决定于天命，这种求索无益于得到，因为所求的东西是身外之物。”

口之于味也，目之于色也，耳之于声也，鼻之于臭也，四肢之于安佚也，性也，有命焉，君子弗谓性也。仁之于父子也，义之于君臣也，礼之于宾主也，智之于贤者也，圣人之于天道也，命也，有性焉，君子弗谓命也。①

前章之所谓“命”，即“死生有命”之“命”，后章之“命”，与“天命之谓性”之“命”略同，而专指气质之清浊而言之。其曰“命也，有性焉，君子弗谓命也”，则孟子之非定业论者，昭昭然矣。至宋儒亦继承此思想，今举张横渠②之言以代表之。张子曰：

形而后有气质之性，善反之，则天地之性存焉。故气质之性，君子有弗性焉。(《正蒙·诚明篇》)

通观我国哲学上，实无一人持定业论者，故其昌言意志自由论者，亦不数数觏③也。然我国伦理学无不预想此论者，此论之果确实与否，正吾人今日所欲研究者也。

我国之言命者，不外定命论与非定命论二种。二者于哲学上

① 引自《孟子·尽心下》，大意是：“口对于美味，眼睛对于美色，耳朵对于好听的声音，鼻子对于香味，四肢对于安逸，这是天性，(但能否享受到)有命的作用，所以君子不强调天性。仁对于父子关系，义对于君臣关系，礼对于宾主关系，智慧对于贤者，圣人对于天道，这都由命决定的，(但能否得到)有天性的作用，所以君子不强调命的作用。”

② 张载，居凤翔郿县(今陕西眉县)横渠镇，人称“横渠先生”，北宋理学家。

③ 数数觏[gòu]：多见(觏：遇见)。

非有重大之兴味，故可不论。又我国哲学上无持定业论者，其他经典中所谓命，又与性字、与理字之义相近。朱子所谓："天则就其自然者言之，命则就其流行而赋于物者言之，性则就其全体而万物所得以为生者言之，理则就其事事物物各有其则者言之。到得合而言之，则天即理也，命即性也，性即理也。"而二者之说，已见于余之《释理》《论性》二篇，故亦可不论。今转而论西洋哲学上与此相似之问题，即定业论与自由意志论之争，及其解决之道，庶于吾国之性命论上，亦不无因之明晰云尔。

定业论者之说曰：吾人之行为，皆为动机所决定。虽吾人有时于二行为间，或二动机间，若能选择其一者，然就实际言之，不过动机之强者，制动机之弱者，而己之选择作用无与焉。故吾人行为之善恶，皆必然的。因之吾人品性之善恶，亦必然的，而非吾人自由所为也。意志自由论反是，谓吾人于二动机间，有自由之选择力，而为一事与否，一存于吾人之自由，故吾人对自己之行为及品性，不能不自负其责任。此二者之争，自希腊以来，永为哲学上之题目。汗德《纯理批评》[①] 之第三《安梯诺朱》中所示正理及反理之对立[②]，实明示此争论者也。

此二论之争论而不决者，盖有由矣。盖从定业论之说，则吾人对自己之行为，无丝毫之责任，善人不足敬，而恶人有辞矣。从意志自由论之说，则最普遍最必然之因果律，为之破灭，此又爱真理者之所不任受也。于是汗德始起而综合此二说曰：

---

① 汗德，通译"康德"，德国哲学家，德国古典哲学奠基人。《纯理批评》，通译《纯粹理性批判》

② 正理及反理之对立，即"二律背反"，康德哲学中的重要概念。

在现象之世界中，一切事物，必有他事物以为其原因，而此原因复有他原因以为之原因，如此递衍，以至于无穷，无往而不发见因果之关系。故吾人之经验的品性中，在在为因果律所决定，故必然而非自由也。此则定业论之说，真也。然现象之世界外，尚有本体之世界，故吾人经验的品性外，亦尚有睿智的品性，而空间时间及因果律，只能应用于现象之世界，本体之世界则立于此等知识之形式外。故吾人之睿智的品性，自由的非必然的也。此则意志自由论之说，亦真也。故同一事实，自现象之方面言之，则可谓之必然，而自本体之方面言之，则可谓之自由。而自由之结果，得现于现象之世界中，所谓无上命法是也。即吾人之处一事也，无论实际上能如此与否，必有当如此不当如此之感，他人亦不问我能如此否。苟不如此，必加以呵责，使意志而不自由，则吾人不能感其当然，他人亦不能加以责备也。今有一妄言者于此，自其经验的品性言之，则其原因存于不良之教育，腐败之社会，或本有不德之性质，或缺羞恶之感情，又有妄言所得之利益之观念，为其目前之动机，以决定此行为。而吾人之研究妄言之原因也，亦得与研究自然中之结果之原因同。然吾人决不因其固有之性质故，决不因其现在之境遇故，亦决不因前此之生活状态故，而不加以责备，其视此等原因，若不存在者。然而以此行为为彼之所自造，何则？吾人之实践理性，实离一切经验的条件而独立，以于吾人之动作中生一新方向。故妄言之罪，自其经验的品性言之，虽为必然的，然睿智的品性，不能不负其责任也。

此汗德之调停说之大略也。

汗德于是下自由之定义。其消极之定义曰："意志之离感性的冲动而独立。"其积极之定义则曰："纯粹理性之能现于实践也。"然意志之离冲动而独立，与纯粹理性之现于实践，更无原因以决定之欤？汗德亦应之曰："有理性之势力即是也。"故汗德以自由为因果之一种。但自由之因果，与自然之因果，其性质异耳。然既有原因以决定之矣，则虽欲谓之自由，不可得也。其所以谓之自由者，则以其原因在我，而不在外物，即在理性而不在外界之势力，故此又大不然者也。吾人所以从理性之命令，而离身体上之冲动而独立者，必有种种之原因。此原因不存于现在，必存于过去；不存于个人之精神，必存于民族之精神。而此等表面的自由，不过不可见之原因战胜可见之原因耳。其为原因所决定，仍与自然界之事变无以异也。

叔本华[1]亦绍述汗德之说，而稍正其误，谓"动机律"之在人事界，与"因果律"之在自然界同：

> 故意志之既入经验界，而现于个人之品性之后，则无往而不为动机所决定，惟意志之自己拒绝或自己主张，其结果虽现于经验上，然属意志之自由。然其谓意志之拒绝自己，本于物我一体之知识，则此知识，非即拒绝意志之动机乎？则"自由"二字，意志之本体，果有此性质否？吾不能知。

① 叔本华，19世纪德国哲学家，著有《作为意志和表象的世界》《论道德的起源与基础》等。

然其在经验之世界中，不过一空虚之概念，终不能有实在之内容也。

然则吾人之行为，既为必然的而非自由的，则责任之观念，又何自起乎？曰：一切行为，必有外界及内界之原因。此原因不存于现在，必存于过去；不存于意识，必存于无意识。而此种原因，又必有其原因，而吾人对此等原因，但为其所决定，而不能加以选择。如汗德所引妄言之例，固半出于教育及社会之影响，而吾人之入如此之社会，受如此之教育，亦有他原因以决定之。而此等原因，往往为吾人所不及觉。现在之行为之不适于人生之目的也，一若当时全可以自由者，于是有责任及悔恨之感情起。而此等感情，以为心理上一种之势力故，故足为决定后日行为之原因。此责任之感情之实践上之价值也。故吾人责任之感情，仅足以影响后此之行为，而不足以推前此之行为之自由也。余以此二论之争，与命之问题相联络，故批评之于此，又使世人知责任之观念，自有实在上之价值，不必借意志自由论为羽翼也。

运命（一）

鲁迅

鲁迅（1881—1936），笔名，真名周树人，中国现代作家，著有杂文集、散文集和短篇小说集多卷，重要的有杂文集《华盖集》《而已集》《且介亭杂文》、散文集《野草》和短篇小说集《呐喊》《彷徨》等。

本文初刊于1934年2月26日《申报·自由谈》，后收入《花边文学》。

相信“运”与“命”，是中国传统文化的一大特点，时至20世纪30年代，本应科学昌明，然而看相的、排八字的、相信《推背图》的，依然大有人在。本文就是对此现状所发的一通感慨，最后告诫世人：“运命说之毫不足以治国平天下，是有明明白白的履历的。倘若还要用它来做工具，那中国的运命可真要‘穷’极无聊了。”

电影“《姊妹花》[①] 中的穷老太婆对她的穷女儿说：‘穷人终

---

① 《姊妹花》：郑正秋根据自己编写的舞台剧《贵人与犯人》改编和导演的电影，1933年由上海明星影片公司摄制。影片以1924年军阀内战为背景，描写了一对自幼离散的孪生姊妹，因处境不同，妹妹成了军阀的姨太太，姊姊成了囚犯。结局是姊妹相认，与父母阖家团圆。

是穷人，你要忍耐些！'”宗汉[1]先生慨然指出，名之曰“穷人哲学”（见《大晚报》）。

自然，这是教人安贫的，那根据是“运命”[2]。古今圣贤的主张此说者已经不在少数了，但是不安贫的穷人也“终是”很不少。“智者千虑，必有一失”，这里的“失”，是在非到盖棺之后，一个人的运命“终是”不可知。

预言运命者也未尝没有人，看相的、排八字的，到处都是。然而他们对于主顾，肯断定他穷到底的是很少的；即使有，大家的学说又不能相一致，甲说当穷，乙却说当富，这就使穷人不能确信他将来的一定的运命。

不信运命，就不能“安分”。穷人买奖券，便是一种“非分之想”。但这于国家，现在是不能说没有益处的。不过“有一利必有一弊”，运命既然不可知，穷人又何妨想做皇帝，这就使中国出现了《推背图》[3]。据宋人说，五代时候，许多人都看了这图给自己的儿子取名字，希望应着将来的吉兆；直到宋太宗（？）抽乱[4]了一百本，与别本一同流通，读者见次序多不相同，莫衷一是，这才不再珍藏了。然而九一八[5]那时，上海却还大卖着《推背图》的新印本。

---

① 宗汉：即邵宗汉，他的《穷人哲学》一文发表在1934年2月20日《大晚报》“日日谈”。

② 运命：即命运。

③《推背图》：相传是初唐天相家李淳风和袁天罡所作，以推算大唐国运。

④ 抽乱：胡搞。

⑤ 九一八：即九一八事变，是日本在中国东北蓄意制造并发动的一场侵华战争。

“安贫”诚然是天下太平的要道，但倘使无法指定究竟的运命，总不能令人死心塌地。现在的优生学①，本可以说是科学的了，中国也正有人提倡着，冀以济运命说之穷，而历史又偏偏不争气，汉高祖的父亲并非皇帝，李白的儿子也不是诗人；还有立志传，絮絮叨叨的在对人讲西洋的谁以冒险成功，谁又以空手致富。

运命说之毫不足以治国平天下，是有明明白白的履历的。倘若还要用它来做工具，那中国的运命可真要“穷”极无聊了。

二月二十三日

① 优生学：英国哥尔登创立的学说，他认为人或人种在生理和智力上的差别由遗传所决定，研究如何改进人类的遗传性。

运命（二）

鲁迅

本文初刊于1934年11月20日《太白》半月刊第一卷第五期，后收入《且介亭杂文》。

本文从日本人的一种“迷信”，联想到中国人的定命论。文中说，中国人对于“运命”似乎比日本人高明，想出种种法子来“转移运命”，因为“运命并不是中国人的事前的指导，乃是事后的一种不费心思的解释”。中国人迷信，却又并不“坚信”，既相信运命，又相信运命可以转移，但那不过是“用迷信来转移别的迷信，所以归根结蒂，并无不同”。那么，如何来破除这迷信呢？文中最后说：“以后倘能用正当的道理和实行——科学，来替换了这迷信，那么，定命论的思想，也就和中国人离开了。”

有一天，我坐在内山书店里闲谈——我是常到内山书店[①]去闲谈的，我的可怜的敌对的“文学家”，还曾经借此竭力给我一个“汉奸”的称号[②]，可惜现在他们又不坚持了——才知道，日

---

① 内山书店是日本人内山完造（1885—1959）在上海开设的书店，主要经售日文书籍。

② 一九三三年七月，曾今可主办的《文艺座谈》第一卷第一期刊登署名白羽遐的《内山书店小坐记》，影射鲁迅为日本的间谍（参看《伪自由书·后记》）。又一九三四年五月《社会新闻》第七卷第十二期刊登署名思的《鲁迅愿作汉奸》一稿，诬称鲁迅“与日本书局订定密约……乐于作汉奸矣”。

本的丙午年生、今年二十九岁的女性，是一群十分不幸的人。大家相信丙午年生的女人要克夫，即使再嫁，也还要克，而且可以多至五六个，所以想结婚是很困难的。这自然是一种迷信，但日本社会上的迷信也还是真不少。

我问：可有方法解除这夙命呢？回答是：没有。

接着我就想到了中国。

许多外国的中国研究家，都说中国人是定命论者，命中注定，无可奈何；就是中国的论者，现在也有些人这样说。但据我所知道，中国女性就没有这样无法解除的命运。"命凶"或"命硬"，是有的，但总有法子想，就是所谓"禳解"①；或者和不怕相克的命的男子结婚，制住她的"凶"或"硬"。假如有一种命，说是要连克五六个丈夫的吧，那就早有道士之类出场，自称知道妙法，用桃木刻成五六个男人，画上符咒，和这命的女人一同行"结俪之礼"后，烧掉或埋掉，于是真来订婚的丈夫，就算是第七个，毫无危险了。

中国人的确相信运命，但这运命是有方法转移的。所谓"没有法子"，有时也就是一种另想道路——转移运命的方法。等到确信这是"运命"，真真"没有法子"的时候，那是在事实上已经十足碰壁，或者恰要灭亡之际了。运命并不是中国人的事前的指导，乃是事后的一种不费心思的解释。

中国人自然有迷信，也有"信"，但好像很少"坚信"。我们先前最尊皇帝，但一面想玩弄他；也尊后妃，但一面又有些想

---

① 禳［ráng］解：行巫术解除灾祸。

吊她的膀子；畏神明，而又烧纸钱作贿赂；佩服豪杰，却不肯为他作牺牲。崇孔的名儒，一面拜佛；信甲的战士，明天信丁。宗教战争是向来没有的，从北魏到唐末的佛道二教的此仆彼起，是只靠几个人在皇帝耳朵边的甘言蜜语。风水、符咒、拜祷……偌大的“运命”，只要化一批钱或磕几个头，就改换得和注定的一笔大不相同了——就是并不注定。

我们的先哲，也有知道“定命”有这么的不定，是不足以定人心的，于是他说，这用种种方法之后所得的结果，就是真的“定命”，而且连必须用种种方法，也是命中注定的。但看起一般的人们来，却似乎并不这样想。

人而没有“坚信”，狐狐疑疑，也许并不是好事情，因为这也就是所谓“无特操”。但我以为信运命的中国人而又相信运命可以转移，却是值得乐观的。不过现在为止，是在用迷信来转移别的迷信，所以归根结蒂，并无不同。以后倘能用正当的道理和实行——科学，来替换了这迷信，那么，定命论的思想，也就和中国人离开了。

假如真有这一日，则和尚、道士、巫师、星相家、风水先生……的宝座，就都让给了科学家，我们也不必整年的见神见鬼了。

十月二十三日

关于命运

周作人

周作人（1885—1967），现代作家，鲁迅之弟，重要作品有散文集《谈龙集》《谈虎集》《瓜豆集》《永日集》《自己的园地》《苦茶随笔》《风雨谈》和《知堂书话》等。

本文1935年初刊于《大公报》，后收入自编集《苦茶随笔》。

这里说到的命运，是指“遗传”与“环境”——作者认为，这两样东西，其实就是所谓的“命运”，不仅对个人来说是如此，对民族来说也是如此。一个民族的文化传统就是它的“遗传”，而时局，周边发生的各种事件，就是它的“环境”（文中先以日本、后以中国为例，说明了这一点）。既然每个民族都有其不可逃脱的命运，那么生活于民族之中的个人还能有何作为呢？譬如中国的现状，是其命运所注定，那么作为中国人，应该怎样面对呢？文中说：“考虑中国的现在与将来的人士，必须要对于它这可怕的命运知道畏而不惧，不讳言，敢正视，处处努力要抓住它的尾巴而不为所缠绕住，才能获得明智。”也就是要认识中国的传统文化，并设法改造它——这是最为理想的，但“此事大难，真真大难也”。所以，我们“只好消极地努力，随时反省”，不与传统文化同流合污，“庶几可对得起子孙”。

简单地说，本文用了一大堆例子说明，要摆脱传统是很困难的，但这传统又必须摆脱——现在不能，也要指望将来！

我近来很有点相信命运。那么，难道我竟去请教某法师、某星士，要他指点我的流年或终身的吉凶么？那也未必。这些要知道我自己都可以知道，因为知道自己应该无过于自己。我相信命运，所凭的不是吾家易经神课，却是人家的科学术数。我说“命”，这就是个人的先天的质地，今云“遗传”。我说“运”，是后天的影响，今云“环境”。二者相乘的结果就是“数”，这个字读如数学之数，并非虚无缥缈的话，是实实在在的一个数目，有如从甲乙两个已知数做出来的答案，虽曰“未知数”，而实乃是定数也。要查这个定数须要一本对数表，这就是历史。好几年前我就劝人关门读史，觉得比读经还要紧，还有用，因为经至多不过是一套准提咒罢了，史却是一座孽镜台，它能给我们照出前因后果来也。我自己读过一部《纲鉴易知录》，觉得得益匪浅。此外还有《明季南北略》和《明季稗史汇编》，这些也是必读之书。近时印行的《南明野史》可以加在上面，盖因现在情形很像明季[①]也。

日本永井荷风[②]著《江户艺术论》十章，其《浮世绘之鉴赏》第五节论日本与比利时美术的比较，有云：

我反省我自己是什么呢，我非威耳哈伦[③]（Verhaeren）

---

① 明季：明朝后期。

② 永井荷风，19世纪末、20世纪初日本小说家、散文家。

③ 威耳哈伦，通译“维尔哈伦”，19世纪末、20世纪初比利时诗人。

似的比利时人而是日本人也，生来就和他们的运命及境遇迥异的东洋人也。恋爱的至情不必说了，凡对于异性之性欲的感觉悉视为最大的罪恶，我辈即奉戴着此法制者也。承受“胜不过啼哭的小孩和地主”的教训的人类也，知道“说话则唇寒”的国民也。使威耳哈伦感奋的那滴着鲜血的肥羊肉与芳醇的葡萄酒与强壮的妇女的绘画，都于我有什么用呢。呜呼，我爱浮世绘[1]。苦海十年为亲卖身的游女的绘姿使我泣。凭倚竹窗茫然看着流水的艺妓的姿态使我喜。卖宵夜面的纸灯寂寞地停留在河边的夜景使我醉。雨夜啼月的杜鹃，阵雨中散落的秋天木叶，落花飘风的钟声，途中日暮的山路的雪，凡是无常无告无望的，使人无端嗟叹此世只是一梦的，这样的一切东西，于我都是可亲，于我都是可怀。

又第三节中论江户时代[2]木板画的悲哀的色彩，云：

这暗示出那样黑暗时代的恐怖与悲哀与疲劳，在这一点上我觉得正如闻娼妇啜泣的微声，深不能忘记那悲苦无告的色调。我与现社会相接触，常见强者之极其强暴而感到义愤的时候，想起这无告的色彩之美，因了潜存的哀诉的旋律而将黑暗的过去再现出去，我忽然了解东洋固有的专制的精神之为何，深悟空言正义之不免为愚了。希腊美术发生于以亚

① 浮世绘：日本的风俗画。
② 江户时代，即1603年至1867年德川幕府统治时期。

坡隆[1]为神的国土，浮世绘则由与虫豸同样的平民之手制作于日光晒不到的小胡同的杂院里。现在虽云时代全已变革，要之只是外观罢了。若以合理的眼光一看破其外皮，则武断政治的精神与百年以前毫无所异。江户木板画之悲哀的色彩至今全无时间的间隔，深深沁入我们的胸底，常传亲密的私语者，盖非偶然也。

荷风写此文时在大正二年（一九一三）正月，已发如此慨叹，二十年后的今日更不知怎么说，近几年的政局正是明治维新的平反，“幕府”复活，不过是以阶级而非一家系的，岂非建久以来七百余年的征夷大将军的威力太大，六十年的尊王攘夷的努力丝毫不能动摇，反而自己没落了么？以上是日本的好例。

我们中国又如何呢？我说现今很像明末，虽然有些热心的文人学士听了要不高兴，其实是无可讳言的。我们且不谈那建夷，流寇，方镇，宦官以及饥荒等，只说八股和党社这两件事罢。清许善长著《碧声吟馆谈麈》卷四有论八股一则，中有云：

> 功令以时文取士，不得不为时文。代圣贤立言，未始不是，然就题作文，各肖[2]口吻，正如优孟[3]衣冠，于此而欲

① 亚坡隆，通译“阿波罗”，古希腊神话中的日神。
② 肖：仿。
③ 优孟，春秋时期楚国宫廷艺人，以优伶为业，名孟，故得名。

征[1]其品行、觇[2]其经济[3]，真隔膜矣。卢报经学士云：“时文验其所学而非所以为学也，自是通论。”至景范之言曰：“秦坑儒不过四百，八股坑人极于天下后世，则深恶而痛疾之也。”明末东林党祸[4]惨酷尤烈，竟谓天子可欺，九庙可毁，神州可陆沉，而门户体面决不可失，终止于亡国败家而不悔，虽曰气运使然，究不知是何居心也。

明季士大夫结党以讲道学，结社以作八股，举世推重，却不知其于国家有何用处，如许氏说则其为害反是很大。明张岱[5]的意见与许氏同，其《与李砚翁书》云：

夫东林自顾泾阳讲学以来，以此名目祸我国家者八九十年，以其党升沉用占世数兴败，其党盛则为终南之捷径，其党败则为元祐之党碑，风波水火，龙战于野，其血玄黄，朋党之祸与国家相为终始。盖东林首事者实多君子，窜入者不无小人，拥戴者皆为小人，招来者亦有君子，此其间线索甚清，门户甚迥。……东林之中，其庸庸碌碌者不必置论，如

① 征：询问。

② 觇［chān］：审阅。

③ 经济：“经世济民”的缩略。

④ 东林党：明末，由江南书生和部分官吏形成的政治集团，因以东林书院为其发源地，故称“东林党”。后与魏忠贤的“阉党”形成党争，至南明被镇压。一般史书对东林党褒多贬少，但此处所引两家，即许善长和张岱，却视东林党为暴徒。

⑤ 张岱，字宗子，号陶庵，明末清初散文家，有《陶庵梦忆》《西湖梦寻》和《琅嬛文集》等传世。

贪婪强横之王图、奸险凶暴之李三才、闯贼[1]首辅之项煜、上笺劝进之周钟，以至窜入东林，乃欲俱奉之以君子，则吾臂可断决不敢徇情也。东林之尤可丑者，时敏之降闯贼曰“吾东林时敏也”，以冀大用。鲁王监国[2]，蕞尔[3]小朝廷，科道任孔当[4]辈犹曰“非东林不可进用”，则是东林二字直与蕞尔鲁国及汝偕亡者。

明朝的事归到明朝去，我们本来可以不管，可是天下事没有这样如意，有些痴癫恶疾都要遗传，而恶与癖似亦不在例外。我们毕竟是明朝人的子孙，这笔旧账未能一笔勾销也——虽然我可以声明，自明正德时始迁祖起至于现今，吾家不曾在政治文学上有过什么作为，不过民族的老账我也不想赖，所以所有一切好坏事情仍然担负四百兆[5]分之一。

我们现在且说写文章的。代圣贤立言，“就题作文，各肖口吻，正如优孟衣冠”，是八股时文的特色，现今有多少人不是这样的？功令以时文取士，岂非即文艺政策之一面，而又一面即是文章报国乎？读经是中国固有的老嗜好，却也并不与新人不相容，不读这一经也该读别一经的。近来听说有单骂人家读《庄

---

① 闯贼，即“闯王”李自成，当时造反的农民军首领。

② 鲁王监国：清初，明朝鲁王朱以海据守浙东抗清，称“监国”，不久为清军所灭。

③ 蕞［zuì］尔：区区（形容小）。

④ 科道：明清官制，都察院所属礼、户、吏、兵、刑、工六科给事中，及十五道监察御史，统称为科道。任孔当：时任南明鲁王监国浙江道监察御史。

⑤ 四百兆：即今四亿，当时的中国人口。

子》《文选》的，这必有甚深奥义，假如不是对人非对事。这种事情说起来很长，好像是专找拿笔干的开玩笑，其实只是借来作个举一反三的例罢了。万物都逃不脱命运。我们在报纸上常看见枪毙毒犯的新闻，有些还高兴去附加一个照相的插图。毒贩之死于厚利是容易明了的，至于再吸犯便很难懂，他们何至于爱白面①过于生命呢？第一，中国人大约特别有一种麻醉享受性，即俗云“嗜好”。第二，中国人富的闲得无聊，穷的苦得不堪，以麻醉消遣。有友好之劝酬，有贩卖之便利，以麻醉玩弄。卫生不良，多生病痛，医药不备，无法治疗，以麻醉玩弄。卫生不良，多生病痛，医药不备，无法治疗，以麻醉救急。如是乃上瘾，法宽则蔓延，法严则骈诛②矣。此事为外国或别的殖民地所无，正以此种癖性与环境亦非别处所有耳。我说麻醉享受性，殊有杜撰生造之嫌，此正亦难免，但非全无根据，如古来的念咒、画符、读经、惜字、唱皮黄、做八股、叫口号、贴标语，皆是也，或以意，或以字画，或以声音，均是自己麻醉，而以药剂则是他力麻醉耳。考虑中国的现在与将来的人士，必须要对于它这可怕的命运知道畏而不惧，不讳言，敢正视，处处努力要抓住它的尾巴而不为所缠绕住，才能获得明智。死生吉凶全能瞭知，然而此事大难，真真大难也。

我们没有这样本领的，只好消极地努力，随时反省，不能减轻也总不要去增长累世的恶业，以水为鉴，不到政治、文学坛上

---

① 白面：鸦片的俗称。
② 骈［pián］诛：一并诛戮。

去跳旧式的戏，庶几[1]可对得起子孙，虽然对于祖先未免少[2]不肖，然而如孟德斯鸠[3]临终所言："吾力之微，正如帝力[4]之大，无论怎么挣扎，不知究有何用？"日本佚名的一句小诗云：

虫呵虫呵，难道你叫着，业[5]便会尽了[6]么？

---

① 庶几：或许。
② 少：通"稍"。
③ 孟德斯鸠，18世纪法国启蒙思想家、法学家，著有《论法的精神》等。
④ 帝力：上帝之力。
⑤ 业：（佛教语）业障（亦称"孽障"），即罪孽。
⑥ 了［liǎo］：了结。

关于命运之二

周作人

本文初刊于1935年《大公报》，后收入自编集《苦茶随笔》。

这是因《关于命运》一文发表后有人指责而作的辩解，主要是两个问题：一是指责他相信命运，是“躲在神秘中去寻觅自己的安慰”；二是指责他“附和”明末那个“没有心肝的人”张岱（明末，鲁王东迁抗清，张岱在《与人书》中称其为“蕞尔小朝廷”）。对于第一个问题，他再强调，他所相信的“命运”，是指遗传和环境，是相信科学。对于第二个问题，他引用许多史料证明，张岱和鲁王关系甚好，并不是“没有心肝的人”（张岱所憎恨的是鲁王朝廷中结党营私的任孔当等人，认为有此等人在，鲁王凶多吉少）。继而，他称“现今很像明末”，有人要救亡，然而结党营私如任孔当辈，也大有人在。这大概就是“命运”——中国人的遗传性。

前几天我写了一篇《关于命运》，上海方面就有人挑剔字眼。我说：

我近来很有点相信命运。那么难道我竟去请教某法师某星士，要他指点我的流年或终身的吉凶么？那也未必。这些要知道我自己都可以知道，因为知道自己应该无过于自己。我相信命运，所凭的不是吾家易经神课，却是人家的科学术数。我说“命”，这就是个人的先天的质地，今云“遗传”。我说“运”，是后天的影响，今云“环境”。

挑剔者乃曰：

在历史上感觉到自己的迟暮的人，总是自觉地或不自觉地要躲在神秘中去寻觅自己的安慰。像求神拜佛呀，崇拜性灵呀，相信命运呀，总逃不开了这些圈套。

这里，我不知是他们的故意“歪曲”呢，还是真看不懂我那简单的白话文？奥国的孟特耳[1]不幸晚出，他的学说得不到恩格尔斯[2]的批准。中国新人[3]碍难承认遗传说，这也可以原谅的，但是遗传到底是不是像求神拜佛的一样神秘，我想这一点也总该知道吧。

我又引明张岱[4]的《与人书》云：

---

① 孟特耳：通译“孟德尔”（格雷格尔·孟德尔），奥地利植物学家，现代遗传学奠基人。

② 恩格尔斯：通译“恩格斯”。

③ 新人：指当时的左翼作家。

④ 张岱，字宗子，号陶庵，明末清初散文家，有《陶庵梦忆》《西湖梦寻》和《琅嬛文集》等传世。

鲁王监国[①]，蕞尔[②]小朝廷，科道任孔当[③]辈犹曰“非东林[④]不可进用”，则是东林二字直与蕞尔鲁国及汝偕亡者。

挑剔者乃曰：

甚至当时为人民抗清力量所支持下的鲁王监国，曾被那没有心肝的人斥为蕞尔小朝廷，也居然得到了知堂[⑤]先生的附和。

这里，他们似乎也不知道“那没有心肝的人”原来是明末遗民张岱。据邵廷采[⑥]《思复堂集》“明遗民所知传”云：

性承忠孝，长于史学。丙戌[⑦]后屏居卧龙山之仙室，短檐危壁，沉淫[⑧]于有明一代[⑨]纪传，名曰《石匮藏书》，以拟郑思肖[⑩]之《铁函心史》也，至于废兴存亡之际，孤臣贞士

---

① 鲁王监国：明末清初，明朝鲁王朱以海据守浙东抗清，称“监国”，不久为清军所灭。

② 蕞［zuì］尔：区区（形容小）。

③ 科道：明清官制，都察院所属礼、户、吏、兵、刑、工六科给事中，及十五道监察御史，统称为科道。任孔当：时任南明鲁王监国浙江道监察御史。

④ 东林：即东林党。明末，由江南书生和部分官吏形成的政治集团，因以东林书院为其发源地，故称“东林党”。后与魏忠贤的“阉党”形成党争，至南明被镇压。

⑤ 知堂：周作人常用的笔名，《关于命运》一文发表时，即署名“知堂”。

⑥ 邵廷采，字念鲁，清康熙年间史学家。

⑦ 丙戌（年）：即 1646 年，此年清军渡过长江，明王朝面临全国沦陷的危境。

⑧ 沉淫：专注。

⑨ 有明一代：明朝建立以来。

⑩ 郑思肖，宋末诗人，宋亡后改名“忆翁”，表示不忘故国。

之操，未尝不感慨、流连、陨涕三致意也。

岱[①]《自为墓志铭》云：

五羖大夫[②]，焉肯自鬻[③]？空学陶潜[④]，枉希梅福[⑤]。必也寻三外野人[⑥]，方晓我之衷曲[⑦]。

照这样看来，其有无心肝，大约就是不去寻郑所南[⑧]来问，也该可以明白吧，我不知道他们何所根据而断定其为没有心肝也。“蕞尔”，查《辞通》卷十二云“小貌”，“尔”者盖是语助辞，并非“尔汝”之“尔”。“小朝廷”一语，曾有胡铨[⑨]说过，系指南宋，论者不曾以为大不敬，然则以指鲁王浙江一区，似亦不能说怎么不对。今便断为说者没有心肝，如不是错看“尔”字，当是有意歪曲，如绍兴师爷之舞文周纳[⑩]耳。至于张岱与鲁王的关系，在《梦忆》[⑪] 中曾经说及，可以参考。据《砚云甲编》[⑫] 本

---

① 岱，张岱。

② 五羖［gǔ］大夫，春秋秦穆公时贤臣百里奚。张岱以此自称。

③ 鬻［yù］：卖。

④ 陶潜，陶渊明。

⑤ 梅福，字子真，西汉末年儒学家，王莽篡汉后离家出走，相传他死后成了神仙。

⑥ 三外野人，郑思肖，人称“三外野人”。

⑦ 衷曲：内心想法。

⑧ 郑所南，即郑思肖，号“所南”。

⑨ 胡铨，南宋名臣、忠臣。

⑩ 周纳：罗织罪名。

⑪ 《梦忆》：张岱《陶庵梦忆》的简称。

⑫ 《砚云甲编》：清代金忠淳编辑的古籍版本。

第二则云：

鲁王播迁[1]至越，以[2]先父相[3]鲁先王，幸[4]旧臣第[5]。岱接驾，无所考仪注[6]，以意为之。踏脚四扇，氍毹藉之[7]。高厅事尺[8]，设御座，席七重[9]，备山海之供[10]。鲁王至，冠翼善[11]，玄色蟒袍，玉带、朱玉绶[12]。观者杂沓，前后左右用梯、用台、用凳，环立看之，几不能步，剩御前数步而已。传旨，勿辟[13]人。岱进，行君臣礼，献茶毕，安席。再行礼，不送杯箸[14]，示不敢为主也，趋侍坐[15]。……二鼓转席[16]，临不二斋梅花书屋[17]，坐木犹龙[18]，卧岱书榻[19]，剧谈

---

① 播迁：迁徙。

② 以：因。

③ 相：（动词）辅佐。

④ 幸：幸临。

⑤ 第：宅第。

⑥ 仪注：礼仪规章。

⑦ 踏脚四扇，氍［qú］毹［shū］藉之：四重台阶，铺上地毯（踏脚：台阶。氍毹：毛毯）。

⑧ 事尺：长尺（意为高敞）。

⑨ 席七重：七重席（即御座两旁各设七个席位，古代帝王规格）。

⑩ 备山海之供：准备好山珍海味。

⑪ 冠翼善：戴翼善冠（翼善冠是冠的一种，是明朝皇帝、太子、亲王、皇室成员等所着之首服）。

⑫ 绶：绶带。

⑬ 辟：排除。

⑭ 杯箸：杯与筷子，泛指食具（古礼，一般情况下，主人要送客人食具，但现在接待的是帝王，故不敢以主人自居）。

⑮ 趋侍坐：走向侍从的座位。

⑯ 二鼓转席：二鼓，即二更（约晚上九点）。转席：换地方继续宴席（古礼，以示隆重）。

⑰ 临：光临。不二斋梅花书屋：张岱的书房。

⑱ 木犹龙：用粗木条做成的椅子，也称“太师椅”。

⑲ 书榻：看书用的躺椅。

移时[1]。出，登席。设二席于御座傍，命岱与陈洪绶[2]侍饮，谐谑欢笑如平交[3]。睿量弘[4]，已进酒半斗矣，大犀觥[5]一气尽。陈洪绶不胜饮，呕哕[6]御座傍。寻设一小几[7]，命洪绶书箑[8]。醉，捉笔不起，止之。……起驾，转席后又进酒半斗，睿颜微酡[9]，进辇[10]，两书堂官[11]掖之不能步。岱送至闾[12]外。命书堂官再传旨曰：爷今日大喜，爷今日喜极。君臣欢洽脱略[13]至此，真属异数。

张岱与鲁王"君臣欢洽脱略至此"，但是对于结党营私的任孔当辈仍要痛骂，正如那侍饮大醉的陈洪绶之要痛骂误国殃民的官军一样。陈洪绶即老莲，他的画至今很有名，也是呱呱叫的明遗民，不是没有心肝的人。在他的《宝纶堂集》末，有《避难诗》一卷，丙戌除夕自叙，其《作饭行》一篇序中有云"今小民苦官兵淫杀有日矣"，诗末四联云：

---

① 剧谈移时：交谈了一会儿。
② 陈洪绶，字章侯，幼名莲子，号老莲，明末清初著名书画家、诗人。
③ 平交：普通朋友。
④ 睿量弘：睿，帝王尊称。量，酒量。弘，大。
⑤ 犀觥：一种酒杯。
⑥ 呕哕［yuě］：呕吐。
⑦ 小几：茶几。
⑧ 书箑［shà］：在折扇上写字（箑：折扇）。
⑨ 酡［tuó］：饮酒后脸色变红。
⑩ 辇［niǎn］：皇家的御车。
⑪ 书堂官：帝王的贴身侍从，即太监。
⑫ 闾：大门。
⑬ 欢洽：欢愉融洽。脱略：无拘无束。

鲁国越官吏，江上遣遥师，避敌甚畏虎，篦[①]民若养狸。

时日曷丧[②]语，声闻于天知，民情即天意，兵来皆安之。

又《官军行》末四语云：

卿今冒饷[③]欲未充，驾言输饷[④]缚富食。卿先士卒抄村落，分明教我亦淫掠[⑤]。

又《搜牢行》中有云：

长官亦如贼所为，人则何赖[⑥]有此国。

我想在这里可以不必再加说明，只请读者自己去看这种官与兵，是不是该痛骂。张陈[⑦]皆明遗民，与鲁王又有这种关系，而使二人都忍不住说及"汝偕亡"或"时日曷丧"的话，岂不哀哉，当时的情形也就可想而知了。

前回我说现今很像明末，但这其间自然也有些不同，现在的人总比三百年前的人要聪明一点了吧。如断定明遗民张岱是没有

---

① 篦［bì］：梳（喻管理）。

② 时日曷［hé］丧：表示誓不与其共存，语出《书·汤誓》："有众率怠，弗协，曰：'时日曷丧，予及汝皆亡！'"（曷：同"何"）。

③ 冒饷：贪污军饷。

④ 输饷：提供军饷。

⑤ 淫掠：大肆掠夺（淫：过度）。

⑥ 赖：依赖。

⑦ 张陈，张岱、陈洪绶。

心肝的人，一也；根据我所引的永井荷风[①]的话，断定是前期年轻人的反对黑暗之英雄的悲叫，二也。荷风原已说过：

我反省自己是什么呢，我非威耳哈伦[②]似的比利时人，而是日本人也，生来就和他们的运命及境遇迥异的东洋人也。

在原论第一节中又曾云：

余初甚愤且悲。但是幸而此悲愤绝望，乃成为使余入于日本人古来遗传性的死心之无差别观。不见上野的老杉乎，默默不语，亦不诉说，独知自己的命数，从容地渐就枯死耳。无情的草木岂不远胜有情的人类耶。

我如今才知道，现代我们的社会乃是现代人的东西，决非我等所得容喙。我于此对于古迹的毁弃与时代的丑化，不复引起何等愤慨，觉得此反足以供给最上的讽刺的滑稽材料，故一变而成为最有诡辩的兴味之中心焉。

“死心”一语，原文作“谛”，本是审义，因审谛事理而死心断念，其消极过于绝望，是为今通行的第二义，其用此字盖与佛教四谛[③]有关，亦未可知。永井荷风的“前期年轻人”的叫声，如

---

① 永井荷风，19世纪末、20世纪初日本小说家、散文家。

② 威耳哈伦，通译“维尔哈伦”，19世纪末、20世纪初比利时诗人。

③ “谛”即“真理”，“四谛”也就是四个“真理”，分别是“苦谛”、“集谛”、“灭谛”、“道谛”。

往别的书里去找，或者也有一句二句，但在我所引的这篇文章里就想利用[①]，实在未免太聪明一点了。

近来文坛上的“批评”的方法与手段的确大有进步了，兹姑不列举。总之，他们的态度是与任孔当辈一鼻孔出气的。这也正是中国人的遗传性——或是命运吧。诗云：

虫呵虫呵，难道你叫着，业[②]便会尽了[③]么？

① 利用：用来问罪。
② 业：（佛教语）罪孽。
③ 了［liǎo］：了结。

中国人的命运主义

林语堂

林语堂（1895—1976），原名林和乐，又名林玉堂，中国现代学者、作家，重要作品有小说《京华烟云》《风声鹤唳》、散文集《剪拂集》《大荒集》《无所不谈》《吾国吾民》《读书的艺术》和《生活的艺术》等。

本文节选自《生活的艺术》（1937），题目系编者所加。

在本文中，作者称中国人的命运主义源于中国没有贵族制度，也就是没有人为地规定某些人血统高贵、某些人血统低贱，如欧洲中世纪那样；所以，中国人对现实中的不平等比较容易忍受，因为他们除了相信这是各人的“命”，更相信“天理循环”，相信自己有朝一日或许会“鸿运高照”，或许会“厄运降临”。所以，中国人不是成天盼着“时来运转”，就是成天想着“消灾避祸”。这就是中国人的命运主义。这种命运主义可以说决定了中国生活的方方面面，因为它是中国人的生活准则。

确实，中国人很迷信，这是可以肯定的，但原因是否如本文作者所说？或许是，或许不是，或许还有其他原因？那就由你自己去想了。

中国的可取之处，是没有固定的阶级之分[①]，没有贵族政治。这一点恰使吾人接近“命运观念”，从而使社会上的不平等成为可忍受。命运的特征为无人永久地被践踏在下面，而统治者与被统治者常有机会互相对易位置。吾们中国人深信，凡人皆有得意之一日，而“天理循环”，倘一个人有才干，意志坚决，抱负不凡，总能攀高升腾。谁得预卜？一个卖豆腐的女儿或许突然地引动了一位贵显将军的注目；或许他的儿子交了鸿运，做了县知事的守门人；或则一个屠夫的女婿，假定是一个贫苦的中年乡村塾师，可以忽然中了进士，像《儒林外史》所告诉我们的[②]，那时或许马上有一个乡绅从城里巴巴的赶来，邀他去他的公馆里住一程；另一个跑来跟他换庚帖，义结金兰；第三个也是富商，送他许多绸缎绫罗，许多袋白银；县知事又亲自送他两位艳婢、一个厨子，以替他的乡下妻子服役；这个屠夫乃乔迁至城中大公馆，不胜从心坎底部快乐出来，忘却往时他怎样的时常欺凌其女婿，却说他一向坚信女婿必有发皇之一日，现在他准备放下他的屠刀，而受女婿的奉养。女婿中了进士，岳父也交了好运。吾们羡慕他，但吾们不称他不公平，因为吾们叫它“命运”或“幸气”。

命运主义不单是中国人的智力的习惯，也是孔教传习意识的部分。信仰命运与名分观念的关系如是密切，致使吾人有句流行俗语，叫作“安分守己，听天由命”。孔子在称述其自己的精

---

① 没有固定的阶级之分：意为没有世袭的等级制度（不像欧洲，曾有固定的贵族和平民之分）。

② 即《儒林外史》中的“范进中举”。

神进展时说："五十而知天命。"又说："六十而耳顺。"这个命运主义的原理为人们精力和知足精神的源泉，亦所以产生温和平静的中国精神。因为没有人常能交好运，而好运又不能临到每个人头上，人遂很愿意容忍这种不平等，认为一种合乎天然的法则。经由科举考试之路，有志才干之士常能获得一种上进的机会；更经由运气或经由才干，一个人可由非特权阶级升入特权阶级，就是他的得势的日子。一旦踏进了特权阶级，他便爱弄特权。随着地位的变迁，因生心理的变迁，他乃开始爱好一切社会不平等和一切特权。此种转变的面目，为现代每个革命成功人的显著特例，他握紧他的铁腕以限制报纸言论自由，比之他在革命初期所高呼打倒的军阀还要来得猛鸷[①]。

因为现在他有了大面子，他站立于超越乎法律与宪法的地位，交通规则和博物院章程于他微不足道。这面子是心理作用的，仿佛中国人的生理面貌那样有趣，心理的面子更为神妙而动人。它不是一张面孔，可以揩洗或刮须，却是可以"得"、"失"、"争取"，更可以当礼物一样"赠送"。这里，吾们达到中国人社会心理最微妙奇异的一点，抽象而不可捉摸的，但却是最高等、最精细的规范。中国人的社交往来，莫不依此为准则。

① 猛鸷：凶猛。

论命运

冯友兰

冯友兰（1895—1990），字芝生，现代学者、哲学史家，重要著作有《中国哲学史》《人生哲学》及“贞元六书”（即《新理学》《新世训》《新事论》《新原人》《新原道》《新知言》）。

本文初刊于1942年11月29日昆明《中央日报·星期专论》，后收入《人生哲学》。

本文从“成功学”的角度论述命运。首先论定，“命运”就是“遭遇”：一个人的遭遇，有许多是他想不到的，有许多是他无法改变的——这些遭遇，“努力而不能战胜的遭遇”，就是命运。既然如此，那又如何追求成功呢？大凡说来，有三种“成功”：学问的成功、事业的成功、道德的成功。这三种成功，对应于三种东西：天资、运气、努力。学问的成功，需要天资和努力；事业的成功，需要运气和努力；道德的成功，只需要努力。也就是说，你或许成不了大学问家，或许成不了大事业家，但你至少可以努力成为一个道德高尚而受人尊敬的人——这同样是成功！

市上有许多所谓“大哲学家”也谈命运，不过他们所谈的命运是指“先定”。既有“先定”，就有人要“先知”它，以便从中获利。例如预先知道某种物品将要涨价，就大量买进，便可赚钱；知道某种物品将要跌价，就去卖出，便不亏本，因此得大发其财。无怪“大哲学家”们都生意兴隆了。

其实，“先定”是没有的；即使有，也无用先知。如果有先定的命，命中注定你将来要发财，到时自然会发财；命定你要做官，将来自然做官；命定了将来要讨饭，自然要讨饭。先知了也不能更改，不能转变，又何必要预先知道呢！

我说的“命运”和他们所说的不同。古人孔子、孟子等也谈命，如孔子说：“知天命。”庄子说：“知其不可奈何而安之若命。”孟子说：“莫之为而为者，天也。莫之致而至者，命也。”荀子说：“节遇之谓命。”我说的“命”，就是他们所说的“命”。“莫之致而至”是不想它来而来；“节遇”是无意中的遭遇。这才是“命运”的真意。所以“命运”的定义就可说是一个人无意中的遭遇。遭遇只有幸和不幸，没有理由可说。譬如说现今的时代是伟大的，我“幸”而生在这时代；也有人说现今的时代是受罪的，我“不幸”而生在这时代。我们生在这时代可以说是幸或不幸，但我们为什么生在这时代，便没有理由可说。

命和运不同：运是一个人在某一时期的遭遇，命是一个人在一生中的遭遇。某人今年中了特种奖券，是他今年的“运”好，但是他的“命”好不好，还不一定，因为他将来如何尚不得而知。在一时期中，幸的遭遇比不幸的遭遇多，是运好。在一生中，幸的遭遇比不幸的遭遇多，是命好。

普通所谓努力能战胜“命运”，我以为这个“命运”是指环境而言。环境是努力可以战胜的，至于“命运”，照定义讲，人力不能战胜，否则就不成其为“命运”。孟子说：“知命者不立于岩墙之下。”如果一座墙快要倒了，你还以为命好，立在下面，因而压死，都是活该，不能算是知命。又如逃警报①，有人躲在一个不甚安全的地方，不意炸死了，这是他的“命”不好，也是他的遭遇不幸。努力而不能战胜的遭遇，才是命运。

人生所能有的成就有三：学问、事功、道德。即古人所谓立言、立功、立德。而所以成功的要素亦有三：才、命、力，即天资、命运、努力。学问的成就需要才的成分大，事功的成就需要命运的成分大，道德的成就需要努力的成分大。

要成大学问家，必须要有天资，即才。俗话说：“酒有别肠，诗有别才。”一个人在身体机构上有了能喝酒的底子，再加上练习，就能成为一个会喝酒的人。如果身体机构上没有喝酒的底子，一喝就吐，怎样练习得会呢？做诗也是一样，有的人未学过做诗，但是他做起诗来，形式上虽然不好，却有几个字很好，或有几句很好，那种人是可以学做诗的，因为他有做诗的才。有的人写起诗来，形式整整齐齐，平仄合韵，可是一读之后，毫无诗味，这种人就不必做诗。一个人的才的分量是一定的，有几分就只有几分，学力不能加以增减。譬如写字，你能有几笔写得好，就只能有几笔写得好。学力只不过将原来不好的稍加润饰，使可陪衬你的好的，它只能增加量，不能提高质。不过诸位不要灰心，以为自己没有才，便不努力。你有才没有才，现在还不晓

① 警报：空袭警报。

得，到时自能表现出来，所谓“自有仙才自不知”，或许你大器晚成呢！既有天才，再加学力，就能在学问上有成就。

至于事功的建立，则是“命运”的成分多。历史上最成功的人是历朝的太祖高皇帝，刘邦因为项羽的不行而成功。如果项羽比他更行，他决不会成功。学问是个人之事，成功则与他人有关。康德成为大哲学家，并不因为德国没有大哲学家，而希特勒的能够横行，却是英国的纵容和法国的疏忽所致。历史上有些人实在配称英雄，可是碰到比他更厉害的人，却失败了。有的人原很不行，可是碰着比他更不行的人，反能成功，所谓“世无英雄，遂令竖子成名”，所以事功方面的成就靠命运的成分大。“卫青不败由天幸，李广无功缘数奇”[①]，我们不应以成败论英雄。

道德方面的成就则需要努力，和天资、命运的关系小，因为完成道德，不必做与众不同的事，只要就其所居之位，做自己应该做的事，尽伦尽职即可。人伦是社会中人与人之间的关系，一个人在社会上必须和别人发生关系，而且必须做事。能尽自己和别人的关系，做自己应该做的事，就是道德，和自己的地位高下、事业大小都没关系。不论何人，只要尽心竭力，对社会的价值是没有分别的。正如唱戏好的人，和所扮演的角色无关。梅兰芳[②]登台，不一定饰皇后。地位很阔的人不能尽伦尽职，是不道德。村夫野老能尽伦尽职，就是有道德。命运的好坏，对于道德

① 引自唐代诗人王维《老将行》一诗。卫青、李广，均为汉武帝时军中将领。数奇［jī］：命数不好（奇：不偶）。

② 梅兰芳，著名京剧演员，善于演“旦角”（女性人物）。

的完成也没有关系。文天祥和史可法都兵败身死，可算不幸，但是即使他们能存来救明①，他们在道德方面的成就也不会再增加一些。他们虽然失败，道德的成就也不因之减少一些。不但如此，有的道德反要在不幸的遭遇下才能表现，如疾风劲草、乱世忠臣。孟子说："富贵不能淫，贫贱不能移。"终身富贵的人，最多能做到前者。做官发财是"求之有道，得之有命"，惟有道德是"求则得之，舍则失之"，做不做的权，全在自己。

有的人常常说，我立志要做大学问家，或立志要做大政治家，这种人是可以失望的。因为如果才不够，不能成为大学问家；命运欠好，不能成为大政治家。惟立志为圣贤，则只要自己努力，一定可以成功。圣贤是道德的最完成者。普通人以为，圣贤需要特别在事功文学方面的天才，那是错误的。孔子和孟子的成为圣贤，和他们的才干没有关系。王阳明并不因为他能带兵而成贤人②。所以，学问的成就，需要才；事功的成就，需要幸运的遭遇；道德的成就，只要努力。

---

① 文天祥、史可法，均为明代将领，均在抵抗清军时兵败身亡。存来救明：活下来拯救明朝。

② 王阳明，明代大学者，曾任职于兵部。

论红颜薄命

苏青

苏青（1914—1982），笔名，真名冯允庄，与张爱玲齐名的海派女作家，重要作品有长篇小说《结婚十年》《歧途佳人》和散文集《浣锦集》《饮食男女》《逝水集》等。

本文选自《饮食男女》（1947），题目系原书所有。

按作者的看法，历代之所以有“红颜薄命”之说，主要有两个原因：一是在古代，“王宫就是红颜薄命的发祥之地”，那些被选入宫中的红颜女子，表面上很光鲜，其实很苦恼，因为她们往往是供皇帝泄欲的，皇帝来临幸，她们战战兢兢，皇帝不来，她们独守空房，一辈子如此，所以说，薄命。二是红颜常与年轻相连，而年轻又常与无知相连，加之红颜女子每每青睐有财有势的男人，而有财有势的男人往往老奸巨猾，结果，红颜女子屡屡被玩弄，所以说，薄命。至于薄命而不红颜的女子，那就根本没人注意，甚至被认为理当薄命，因为在史家和戏剧家眼里，她们几无价值可言——真是惨无人道！与之相比，红颜女子似乎很有价值，但这价值却是水中月，表面诱人，实质虚幻。所以说，“红颜女子不一定薄命，红颜而无知，才像水中捞月，随时有失足堕水，惨遭灭顶之虞呀”——这是本文的结束语，也是本文的主题。

一

红颜薄命，这四个字为什么常连在一起，其故盖[①]有二焉：第一，红颜若不薄命，则其红颜与否，往往不为人所知，故亦无谈起之者；第二，薄命者若非红颜，则其薄命事实也被认为平常，没有什么可谈的了。这就是红颜薄命的由来。

天下美人多得很，就是在霞飞路[②]电车上，我也常能发现整齐好看的姑娘。她们的眸子是乌黑的，回眸一笑，露出两排又细又白的牙齿。我想，这真是美丽极了，要是同车中有一个尊贵的王子，爱上了她，这位姑娘的美名马上就可以传遍整个的上海，整个的中国，甚至于整个的世界。可惜尊贵的王子决不会来与我们一同搭电车，就是勇敢的武士，豪富的官绅等辈也不会，她们成名的机会多难得呀，就是有，也只在浪漫的诗人身上。

要知道一个好看的女人生长在一个平凡的家庭里，一辈子过着平凡的生活，那么她是永远不会成名，永远没有人把黑字印在白纸上称赞她一声“红颜”的。必定在一个偶然的机会里，她给一个有地位的男人看中了，这个男人便把她攫取过来，形成自己生活的一部分，于是牡丹绿叶，相得益彰，她既因他而一举成名，他也因她而佳话流传了。美人没有帝王、将相、英雄、才子

---

① 盖：大概。

② 霞飞路，上海路名，今淮海路。

之类提拔，就说美到不可开交，也是没有多少人能知道她的。

譬如说吧，西施生长在苎萝村，天天浣纱，虽然有几个牧童、樵夫、渔翁等辈吃吃她豆腐①，但她的美名可能传扬开去到几十里以外的村庄吗？即使她有一天给挑水夫强奸了，惊官动府②起来，至多也不过一镇的人知道，一城的人知道足矣，哪里会名满公卿、流传百世，惹得骚人墨客们吟咏不绝呢？这也是她机会凑巧，合该成名。因为有一天她正在浣纱的时候，刚好给范大夫③差来寻美女的人瞥见了。于是，她便给人家一献而至范大夫府上，再献而至越王座前，三献而进于夫差宫中。于是，她的“红颜”出名了，薄命也就不可避免。

的确，在从前的时候，王宫就是红颜薄命的发祥之地。一个如花如玉的少女进了宫里，不是没有机会见男人守空房到老，便是机会来了，给那个骄恣横暴、粗俗恶劣的所谓皇帝也者玩弄。那家伙有的是权，有的是势，有的是金钱，有的是爪牙，还有礼啦、法啦，这种种宝贝给他做护身符，一个美人到了他手里，便再也别想受他的尊重及爱护；相反地，他只知道蹂躏她，而她也只好忍受着听凭摧残。他也许是年老龙钟的、荒淫过度身体衰弱不堪的、有恶疾的，脾气当然不好，文才武才都没有，面貌也很难希望他生得端正漂亮，但是你都得忍受，还要感激他给你的皇家雨露之恩，不忍受、不感激便是大逆不道呀！当我读到《长恨歌》中“承欢侍宴无闲暇，春从春游夜专夜”这两句时，总觉

---

① 吃吃她豆腐：（沪俗语）调戏她。

② 惊官动府：“惊动官府”的戏谑说法。

③ 范大［dà］夫：即范蠡［lí］，越国大臣，助越王勾践施美人计灭吴兴越。

玉环太苦，倒不如趁早长眠马嵬坡下，得到永久的休息为妙。皇帝是这样，其手下的权贵们也就差不了多少，所以美人嫁给阔佬大概是很苦的，许多美人之没有后裔，大概也是由于她们的男人荒淫过度失却了生殖能力之故，盖[①]当时未必有可靠的避孕法也。

二

婚姻不如意，便是顶薄命的事，理想婚姻是应该才貌相当的。所谓才貌相当，也不仅是男有才而女有貌，我的意思乃是说男之才与女之才相称，男之貌与女之貌也相当之谓。男女双方之才匀称，则精神上愉快，男女双方之貌得当，则肉体上满足，这是灵肉兼顾的最完善办法。而且话得声明在前，这里所谓才也、貌也，都是指广义的而言，才乃包括一切思想、学问、志趣、嗜好，不是专指吟诗作画等一艺之长；貌亦包括年龄、健康、清洁、卫生，并不是专论一只面孔[②]的呀。

此外尚有更重要者，则为道德之讲究。在婚姻关系中，若有一方不讲道德，即令才貌相当，恐亦难致幸福。至若一般有地位的男子想借其优越势力以猎取女人的肉体，或一般长得好看的女人想利用其美貌以猎取男子的金钱，则其动机已经卑鄙，道德观念全消失，哪里还谈得到真正的爱情幸福呢？

---

① 盖：因为。

② 一只面孔：（沪语，稍带讽意）一张脸。

可惜许多女子都见不及此，这也是造成红颜薄命的另一原因。盖美貌常与年轻相连，年轻的女子常常缺乏经验，缺乏学识，则也是事实。学识经验既然缺乏，自然容易上钩，受人之骗，后悔莫及。美貌与思虑常是成反比例的，不会思虑的人，吃吃睡睡，跑跑跳跳，便容易显得年轻好看。而一般男人又多赞美她的好看，而不提及她的无知，有时还说无知更能显出娇憨，逗人爱怜。其实这句话可不知坏了多少女子，于是她们只求娇憨，不敢多动脑筋，结果果然红颜了以后，薄命也就不可避免，这是美人不能思想之误。

美人不能思想，不肯学习，心地便狭隘，胸襟便龌龊起来。自己不肯努力向上，只希望有个现成的阔佬来提拔提拔她，于是见了君王眼红，见了卿相眼红，见了英雄眼红，见了才子眼红，仿佛只要一做这些人的妾，便可身价百倍，骄旧日侪辈[①]而有余了，于是你也竞争，我也竞争，大家抢夺良人，一人得意，万人伤心，红颜薄命的故事更层出不穷了。这可真真便宜了男人，美中择美，少里挑少，此往彼来，一直快活到死。有时还可三妻四妾，兼收并蓄。现在虽说盛行一夫一妻制，但红颜女子想嫁部长、经理之类的还是太多，有财有势的男子与年轻美貌的女子结合，是最最普通的事，也是最最危险的事。盖有财有势的男子大都老奸巨猾，而年轻美貌的女子又多无学无识，其不上当，安可得乎？此红颜所以更多薄命机会也。

---

① 旧日侪［chái］辈：旧日那些熟人。

三

至于薄命者若非红颜，便无人说起或说起而无人同情一节，这颇使我愤愤不平。也许我就是这么一个碌碌庸人吧，我只知道敬佩无名英雄，也同情另一批不红颜而薄命而且比红颜而薄命者更苦上万分的女人。譬如说“天宝遗事”吧，杨贵妃死了，多少人同情她，为她做诗、做戏曲、做文章，因为她美得很哪。其实她生前既淫乐骄奢，死后太上皇还一直惦记着她，遣方士觅取她的阴魂，也算够哀荣的了，比起长门镇日无梳洗的梅妃[①]来，不是已幸福得多吗？不过梅妃也相当漂亮，惊鸿舞罢，光照四座，因此也有人为她的失宠而洒一掬同情之泪，比起那倒霉的皇后以及白头宫女辈来，也不知多幸福几许了。那些非红颜的女人在平时既无人怜爱，赐一斛珍珠慰她们寂寥，乱时又无人保护，死者死，剩下来的也只有继续度凄凉岁月到老死罢了，这还不是更薄命吗？

老实说，历史家常是最势利的，批评女人的是非曲直总跟美貌而走。一个漂亮的女人做了人家小老婆，便觉得独宿就该可怜，如冯小青[②]般，双栖便该祝福，若柳如是[③]然，全不问这两家大老婆的喜怒哀乐如何。但假如这家的大老婆生得美丽，而小

---

① 梅妃，唐玄宗早期宠妃，后被打入冷宫。其诗《一斛珠》云：“长门自是无梳洗，何必珍珠慰寂寥。”

② 冯小青，明代万历年间才女，嫁杭州豪门公子冯生为妾，因大妇妒，迁居孤山别业，郁郁而终。

③ 柳如是，明末清初才女，嫁大才子钱谦益为妾，深得宠爱。

老婆比不上她的话，则怜悯或祝福又该移到她们身上去了，难道不漂亮的女人薄命都活该，惟有红颜薄命，才值得一说再说，大书特书吗？

戏剧家看穿这层道理，因此悲剧的主角总拣美丽动人的女子来当，始能骗取观众的同情，赚得他们不少眼泪。譬如说，剧情是一个男人弃了太太，另找情人，太太自杀了，那个饰太太的演员便该比饰情人的演员漂亮得多。于是在她自杀之后，观众才会纷纷叹息说："多可怜哪！红颜薄命。"若是饰太太的演员太难看了呢？则观众心理便要改变，轻嘴薄舌的人们也许会说："这个黄脸婆若换了我，也是不要的，死了倒干净。"那时这出戏便不是悲剧，而是悲喜剧了，主角是那个情人，她的恋爱几经波折，终于除去障碍，与男主角有情人成为眷属了。

美的力量呀！无怪成千上万的女子不惜冒薄命之万险而唯求成红颜之美名，及至红颜老去，才又追悔不及了。男子也有美丑，但因其与祸福无大关系，故求美之心也就远不如女子之切。女子为了求美，不惜牺牲一切，到头来总像水中捞月，分明在握，却又从手中流出去了。时间犹如流水，外形美犹如水中月影，不要说任何女人不能把它抓住捏牢，就是真个掬水月在手，在手的也不过是一个空影呀！至于真正的月亮，那好比一个人的人格美、内心美，若能使之皎洁，便当射出永久的光辉。红颜女子不一定薄命，红颜而无知，才像水中捞月，随时有失足堕水，惨遭灭顶之虞呀。